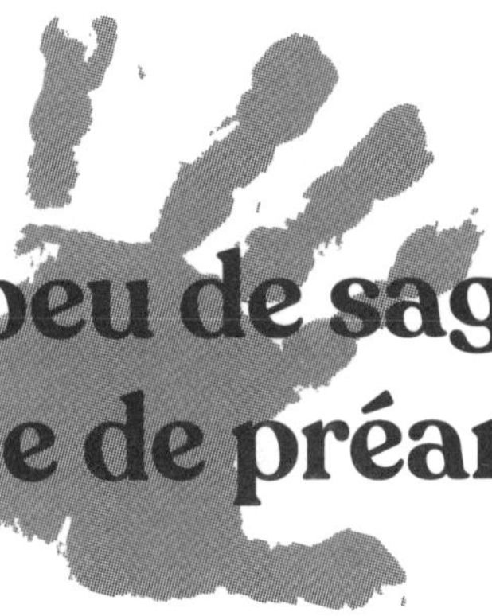

Un peu de sagesse en guise de préambule...

Les deux loups
Conte amérindien

Ce matin-là, dans la tribu Cherokee, chacun vaquait à ses occupations. Tous, sauf un. Un jeune homme du nom d'Aigle agile était assis au pied d'un arbre, le visage fermé et le regard perdu dans l'immense plaine qui s'étendait devant lui.

Son grand-père, Montagne secrète, s'approcha, intrigué.
– Quelque chose ne va pas, Aigle agile ? demanda-t-il en s'asseyant près de lui.
– Je suis en colère contre mon frère, répondit le jeune homme.
– Quelle est la cause de cette colère ?
– Il me prend de haut sous prétexte qu'il est mon aîné, il me traite comme un enfant et se moque de moi.

Le vieil homme hocha la tête en signe d'empathie.
– Je comprends. Moi aussi, lorsque j'avais ton âge, j'éprouvais de la colère envers les personnes qui se comportaient mal avec moi.
– Plus maintenant ?
– Non.
– Pourquoi ?
– Parce que j'ai fini par comprendre le fondement de la légende des deux loups.
– La légende des deux loups ? Je ne la connais pas. De quoi parle-t-elle ?
– Le conflit qui t'oppose à ton frère n'est que le reflet de ce qui se passe continuellement en chacun de nous. Au plus profond de nos entrailles, une bataille perpétuelle se déroule entre deux loups.

Christophe Loupy

Parentalité heureuse

TRANSMETTRE les clés du BONHEUR

Les super-pouvoirs du développement personnel adaptés aux enfants

Jouvence

Dans la même collection aux Éditions Jouvence :

Accompagner la scolarité, Mélina Assié et Anne Binétruy

Les 10 qualités cachées de nos enfants les plus sensibles, David Alzieu

60 activités pour mes petits rois de la récup', Elisabete et Sandra RibeiroTavares

60 exercices ludiques de respiration pour mon enfant, Catherine Blondiau

52 pauses créatives et ludiques pour les enfants, Marie Poulhalec

50 astuces pour que mon enfant mange des fruits et des légumes, Nicole Béguin

Acroyoga avec mon enfant, Julien Levy

À l'écoute de mon Bébé, Aletha Solter

Happy Mamie, Françoise Dorn

J'accompagne les émotions de mon enfant, Soline Bourdeverre-Veyssiere

Catalogue gratuit sur simple demande

Éditions Jouvence
France : BP 90107 – 74161 Saint-Julien-en-Genevois Cedex
Suisse : Route de Florissant, 97 – 1206 Genève
Site Internet : www.editions-jouvence.com
E-mail : info@editions-jouvence.com

ISBN : 978-2-88953-451-7

Couverture et illustration de couverture : Charlotte Thomas
Maquette : Anne-Sophie Peyer
Mise en page intérieure : Frank Pitel

L'un est bon. Il est amour, joie, bienveillance, gratitude, générosité, compassion, humilité, sérénité et toutes ces belles valeurs que l'on aime partager. Il vit en harmonie avec le monde.
L'autre est haine et violence. Il attise la peur, la colère, le mensonge, la jalousie, la critique, l'avidité et les plus noirs desseins dont l'être humain est capable. Il vit dans la destruction et le chaos. Mais le problème n'est pas que l'on possède ces deux loups en nous. Le problème est que l'un comme l'autre veulent avoir le dessus.

Aigle agile avait écouté son grand-père avec beaucoup d'attention. Le vieil Indien avait éveillé en lui un intérêt nouveau sur les mystères de la vie intérieure.
Il finit par demander :
– Mais, à la fin, lequel des deux loups gagne ?
Le vieux Cherokee posa une main amicale sur l'épaule de son petit-fils. Son regard bienveillant joua avec le temps. Puis il répondit :
– Celui que tu nourris.

Sommaire

Préface

Avril 2020

Au moment où je tape ces mots sur mon clavier, le monde se débat face à un redoutable fléau, un coronavirus qui décime des milliers d'êtres humains sur la planète entière.
Et dans cette adversité, nous assistons, plus que jamais, à des scènes de courage, de solidarité et d'altruisme.
Avez-vous remarqué comment l'homme devient altruiste dans les moments difficiles ? En pleine guerre, au milieu d'un tsunami, d'une pandémie, d'une famine, l'être humain transcende les plus belles valeurs qu'il porte en lui (habituellement cachées sous une tonne de préoccupations ordinaires). Notre nature profonde refait surface dans ces moments-là, nous rappelant que tout, sur terre, est foncièrement interdépendant ; nous faisant comprendre que nos quelque 200 000 ans d'existence n'ont pu se bâtir, justement, que grâce à cette interdépendance.

Certes, dans cet élan de solidarité mondiale, certains êtres humains choisissent des voies différentes, préférant favoriser leur intérêt personnel, mais ils sont peu nombreux. Et s'il est normal de les sanctionner pour leurs actes, il est aussi de notre devoir de les éduquer et de leur montrer le bonheur qu'apporte un esprit ouvert et bienveillant. Il y a plus de 2 300 ans, Platon disait déjà : « L'homme le plus heureux est celui qui n'a dans l'âme aucune trace de méchanceté. »

Aujourd'hui, cette pandémie a conforté mes convictions : **Transmettons les valeurs que nous voulons trouver dans les**

générations futures ! Dès leur plus jeune âge, au même titre que l'écriture ou la numération.
Toutefois, il ne s'agit pas de leur inculquer ces valeurs à la façon d'une leçon de morale. Il faut, de manière plus subtile, leur donner les moyens de les incarner dans leurs actes et leurs comportements. Pour cela, il est nécessaire d'avoir un mode d'emploi lisible et facile à utiliser.
Ce printemps 2020 amorce ma dernière ligne droite dans l'Éducation nationale. J'ai toujours travaillé auprès des enfants de maternelle. Par choix. Je les adore. Et ils me le rendent bien. Durant toutes ces années, ils m'ont appris énormément de choses sur leur façon de fonctionner. Grâce à eux, j'ai pu étudier les bases de l'évolution sociale, psychologique et intellectuelle d'un jeune être humain. Ces bases-là, je les ai observées, analysées, approfondies, expérimentées. Parfois, lorsqu'une de mes études me semblait aboutie, j'en faisais un livre ou un cahier d'activités (je remercie d'ailleurs ici tous les éditeurs qui m'ont fait confiance).

Je sais que, une fois à la retraite, je continuerai à écrire des livres pour les enfants, mais aujourd'hui, avant de quitter le terrain, et pendant que j'ai encore toutes mes pratiques et mes théories en mémoire, je souhaite compiler dans un ouvrage les savoirs et savoir-faire que j'ai expérimentés et mis au service des enfants.

Une sorte de guide dans un domaine que certains appellent « le développement personnel », mais que je renommerai ici plus simplement « l'éveil personnel ». Un guide qui permettra à chacun, comme je l'ai fait durant ma carrière d'enseignant (et de papa), de donner aux enfants les clés d'une vie heureuse et épanouie.

Bonne lecture à tous !

Introduction

Éduquer son esprit, structurer son cerveau

L'autre jour, un de mes amis jouait les gros bras en se vantant de ne pas avoir peur de la mort. Je ne suis pas intervenu. Je le connais bien. Je sais que son problème principal n'est pas d'avoir peur de la mort, mais plutôt d'avoir peur de la vie...

Les pratiques et les situations décrites dans ce livre s'inscrivent plutôt dans cette voie : inculquer à nos enfants une vision claire et juste de la vie afin qu'ils s'y meuvent avec aisance, résilience et bonheur.

Pour mener à bien cette tâche, aidons-les à faire évoluer leur façon de penser. En éduquant leur esprit, nos enfants agiront de façon bénéfique sur leur cerveau, en profondeur, en lui permettant d'en réorganiser son fonctionnement interne.

Ce cerveau, notre cerveau, vieux de plusieurs centaines de milliers d'années, a développé son réseau neuronal pour, dans un premier temps, protéger nos ancêtres. À cette époque, le rôle principal de ce réseau était d'enregistrer toute menace, de l'anticiper même, de garder un degré de vigilance élevé et permanent pour faire face à tout danger. Cette programmation, relayée par le système nerveux sympathique, devait permettre à notre ancêtre de décider et d'agir le plus vite possible (le combat ou la fuite).

De nos jours, même s'il y a encore sur terre des zones de guerre ou de pandémie, l'espèce humaine dans sa large majorité n'a plus à affronter de tels dangers. Cependant, notre cerveau a gardé des circuits de fonctionnement qui nous incitent encore à nous méfier de façon inconsidérée de l'inconnu ou à anticiper des menaces illusoires. Cela produit en nous des réactions émotionnelles inadaptées, qui peuvent parfois être violentes, voire destructrices. Pire : nous nous prenons parfois nous-mêmes pour une menace en culpabilisant à cause de nos actes manqués ou de nos échecs potentiels.

La bonne nouvelle, c'est que notre cerveau n'est pas figé. Malgré son héritage millénaire, il est capable de créer de nouveaux modes de fonctionnement si on l'éduque, si on l'entraîne.

C'est ce que les scientifiques appellent la **neuroplasticité.** Notre cerveau a en effet la capacité de se modifier et d'adapter son mode de fonctionnement en synergie avec nos expériences.

Techniquement, cette évolution peut s'effectuer de deux façons :

- une évolution fonctionnelle : un cerveau qui a l'habitude de travailler d'une certaine façon va apprendre à fonctionner sur un nouveau mode en réorganisant tous ses réseaux ;
- et une évolution structurelle : le cerveau est modifié physiquement (certaines zones vont s'épaissir, certains réseaux de neurones vont se renforcer, de nouvelles connexions vont se mettre en place…).

Notre enjeu majeur, à nous, adultes, est de rester vigilants quant aux expériences de nos enfants. Car si notre cerveau est capable d'évoluer à tout âge, il est également capable de le faire dans les deux sens : en se développant de manière positive, mais aussi de manière négative.

Par exemple, si un enfant se focalise régulièrement sur un point d'inquiétude, son esprit va solliciter l'amygdale[1] plus que de raison et

1. Zone du cerveau qui traite les émotions, notamment la peur et l'anxiété.

développer des réseaux neuronaux liés à la peur et à l'anxiété. Ces réseaux neuronaux ainsi développés solliciteront à leur tour l'amygdale, risquant de créer une véritable spirale négative.

En revanche, si nous lui avons permis d'éduquer son esprit à positiver face aux situations de crise, ses réseaux neuronaux se structureront de manière à inhiber les réactions excessives de l'amygdale et à reprogrammer la réponse de son cerveau face aux émotions. Mieux encore, des zones du cerveau impliquées dans la régulation des émotions, de l'apprentissage et de l'estime de soi développeront de nouvelles connexions avec l'amygdale pour une meilleure gestion du stress. Cette fois, la spirale est vertueuse.

Autrement dit, **notre cerveau est en permanence modelé par nos expériences et la manière dont notre esprit les aborde.** Il est donc vital de guider nos enfants vers un développement positif de leur esprit. Grâce à ce livre, vous les aiderez à poser de bonnes bases dès le début, à travers la réflexion, la verbalisation et la pratique.

Un esprit éduqué générera ainsi un cerveau bien structuré, et un cerveau bien structuré aidera en retour à éduquer l'esprit.

Ce cercle vertueux fera de l'enfant un être humain qui évoluera dans la vie avec aisance, résilience et bonheur.

Note de l'auteur : *Par souci de préserver l'anonymat des protagonistes des scènes décrites ci-après, les prénoms utilisés dans ce livre ne sont pas ceux des enfants ayant vécu ces situations dans la réalité.*

1

Première clé

Être en paix avec soi

Démasquer l'ego
Rencontrer ses émotions
Cultiver le bonheur de l'intérieur
Savourer l'aisance de l'humilité
Savoir se pardonner

Démasquer l'ego

« Quand on ne trouve pas son repos en soi-même, il est inutile de le chercher ailleurs. »

FRANÇOIS DE LA ROCHEFOUCAULD

L'ego, c'est quoi ?
Qui sommes-nous vraiment ? Pouvons-nous véritablement nous définir ? Entre ce que je suis vraiment et l'image que je cherche à donner de moi, y a-t-il une différence ?
Ego est un mot qui signifie « moi » en latin. Ce « moi », nous l'avons construit dès notre plus jeune âge. Prenons un instant pour nous pencher sur le début de cette aventure...

La naissance d'un ego

Je viens de naître et, déjà, je suis le centre du monde. Dès que j'ai faim, on me donne à manger ; dès que mes couches sont sales, on me les change ; dès que j'ai un coup de cafard, on me câline...

Enfin, quand je dis « je suis le centre du monde », ce n'est pas vraiment exact. Je devrais plutôt dire **« je suis *le* monde »,** car à mon âge, je ne suis pas encore en mesure de faire la part des choses. J'ai l'impression d'être à la fois ce que je perçois et ce que je suis. En d'autres termes, celle qui me donne à manger, c'est moi. Celui qui change mes couches, c'est moi. Ceux qui me câlinent et me consolent, c'est moi aussi.

Mais je grandis, mes sens se développent et, peu à peu, je commence à percevoir les éléments qui m'entourent. J'arrive même à leur donner un nom : maman, papa, doudou, biberon... Puis, je prends conscience d'une chose : avant, j'étais *le* monde ; maintenant, je m'aperçois qu'il y a du monde autour de moi. Du monde, des choses, des situations, bref, une multitude d'éléments qui interagissent avec moi.

Tant pis, ce n'est pas grave, je ne suis plus *le* monde, mais je vais développer des stratégies pour être quand même le centre du monde. Par exemple, je vais analyser ce monde et porter des jugements : j'aime ceci/je n'aime pas cela ; ceci est agréable/cela est désagréable. Ensuite, je vais me forger une image ; la peaufiner pour plaire à ceux que je veux séduire ; la muscler pour faire face à ceux que je veux impressionner, ou tout au moins convaincre.

Une image encombrante

Cette image que nous nous construisons au fil de nos expériences, de notre vécu, c'est ce que l'on appelle l'ego. Et comme il est parfois difficile de savoir qui l'on est sans guide à ses côtés, nous laissons parfois les rênes à notre ego pour nous définir : par notre apparence, nos attitudes, notre situation, nos fréquentations, notre voiture, le rôle que nous jouons...

Tout cela n'est pas bien grave en soi. Ce qui peut le devenir, en revanche, c'est lorsque nous commençons à nous attacher à notre propre image. Car dans ce cas, cette image devient « l'image que l'on cherche à donner à voir ».

Si je m'attache à cette représentation de moi, je me mets en péril car cette image n'est pas moi. Si, par exemple, je reçois une critique sur mon physique, mes compétences ou mon style, je risque de ressentir de la souffrance car j'ai l'impression que l'on critique qui je suis. Je réagirai violemment si j'ai un ego fort ; ou en m'effaçant si j'ai un ego faible.

Certaines personnes ont construit leur ego en s'imaginant supérieures aux autres et dans la toute-puissance du culte de la personnalité. Sans cesse sur le qui-vive, en alerte pour défendre leur position dominante ou anxieuses à l'idée de perdre la reconnaissance d'autrui, elles font peser un stress permanent sur leurs épaules. Elles dépensent une énergie folle et encaissent une charge émotionnelle qui provoque chez elles de grandes souffrances psychologiques.

D'autres, en revanche, ont construit leur ego en s'imaginant inférieures, en s'enfermant dans le manque d'estime de soi. Là encore, cet ego non maîtrisé génère du stress et de la souffrance, car ces personnes surveillent en permanence les autres, à l'affût du moindre jugement, de la moindre critique. Elles s'imposent une pression psychologique énorme par peur d'être moquées ou rejetées.

Cela dit, que l'individu soit à personnalité dominante ou inhibée, dans un cas comme dans l'autre, il est systématiquement blessé par la critique. Qu'elles réagissent avec force et violence ou avec effacement, voire évitement, ces personnes attachées à leur image sont des personnes fragiles. Elles vivent dans le stress, l'anxiété et la peur. Peur du regard et du jugement d'autrui. Peur de ne pas être aimé.

Amour ou amour-propre ?

Mais, me direz-vous, à vouloir annihiler cet ego ne risque-t-on pas de perdre sa personnalité, de ne plus se trouver, de ne plus s'aimer ?

Non. Bien sûr que non. D'ailleurs, il n'est pas question d'annihiler notre ego. Comme nous le verrons plus loin, il est notre compagnon de route toute notre vie, qu'on le veuille ou non. Il est là, indéboulonnable, toujours présent. Nous ne pouvons pas l'occulter.

La vraie question est plutôt « **Qu'est-il important de protéger et d'aimer ? Sa vraie nature ou l'ego, cet imposteur créé de toutes pièces par notre mental ? »**

Ne confondons pas amour et amour-propre.

L'amour de soi est la faculté de l'Homme à prendre soin de lui, pour progresser dans la vie de façon harmonieuse avec le monde. Cet amour-là n'a rien à craindre car il n'a rien à voir avec l'ego.

En revanche, l'amour-propre, lui, est un pur produit de l'ego. Il n'est qu'un attachement à l'image. Il produit des comportements asociaux et des obsessions comme le besoin du paraître ou la soif du pouvoir.

Comme je l'ai dit, **il ne s'agit pas de vouloir annihiler l'ego, mais plutôt de comprendre son fonctionnement.**

Quand j'ai cherché un titre à ce chapitre, je suis tout d'abord parti sur « Ne pas s'attacher à son ego », puis « Savoir se détacher de son ego », mais je n'étais pas satisfait de ces formules. En fait, il ne s'agit pas de se détacher de son ego, mais de se détacher des pensées créées par son ego, de ne pas les considérer comme une réalité. Elles ne sont que notre réalité, pas celle du monde où l'on vit.

Je crois, au contraire, qu'il faut se rapprocher de cet ego, le prendre à bras-le-corps, et lui dire : « Toi, maintenant que je te tiens, nous allons faire plus ample connaissance. » Un peu comme un enquêteur dans un polar, nous devons chercher à en savoir plus sur le présumé coupable : aller à sa rencontre, le questionner, apprendre à le connaître, chercher à en savoir plus sur ses motivations, ses modes opératoires, pour finalement le démasquer.

Le démasquer, c'est être capable de lire en lui. Je compare souvent l'ego soit à un GPS, soit à une carte routière. Tant que nous ne l'avons pas démasqué, il nous mène où il veut à la manière d'un GPS. Et même si, parfois, la route qu'il nous indique nous paraît suspecte, neuf fois sur dix, nous la suivons quand même. Dès que l'on a démasqué l'ego, celui-ci se transforme en carte routière. Avec quelques efforts, nous apprenons à comprendre son langage, son fonctionnement, et elle nous mène alors au bon endroit.

“ Paul est en voiture. Il traverse la France. Sa route est longue, mais il est serein grâce à son GPS. Seulement voilà, au beau milieu du trajet, son smartphone n'a plus de batterie. Paul est embêté. Quand tout se déroule comme on l'a décidé, la vie est belle. Mais la vie ne se déroule pas toujours comme on l'a décidé…
Paul s'arrête au bord de la route et jette un œil dans sa boîte à gants. La vieille carte routière que son père lui avait offerte est

toujours là. « Elle m'a rendu bien des services, lui avait dit son père en la lui donnant. Elle m'a souvent évité de me perdre. »
Paul sourit en repensant à ces paroles. Lui, il n'a jamais rien compris aux cartes routières. D'ailleurs, il n'a jamais cherché à comprendre. Les cartes routières, c'est un truc de vieux, d'une époque révolue, celle où l'on n'avait pas toute la technologie d'aujourd'hui. Alors, Paul se dit qu'il peut se débrouiller seul. À l'instinct.
Cependant, naviguer à vue, que ce soit sur la route ou dans la vie, c'est risquer de prendre une mauvaise décision, de faire de mauvais choix et, au final, de se perdre.
Et c'est ce qui se passe, ce jour-là.
Paul finit par s'arrêter et se résigne à déplier sa carte. Il la regarde, l'observe attentivement, essaie de la comprendre, de se situer, de chercher la direction qu'il doit prendre. Quand il arrive finalement à décrypter le fonctionnement de cette carte, tout devient plus clair pour lui. Il visualise avec précision les mauvais choix qu'il a faits et, surtout, il comprend maintenant la route qu'il doit prendre. Il se rend même compte qu'il existe plusieurs chemins possibles pour arriver à destination : un chemin efficace s'il veut arriver rapidement, un chemin bucolique s'il veut prendre son temps et profiter des paysages, un chemin économique pour ne pas perdre trop d'argent ni de temps, un chemin pour ceci, un chemin comme cela…
Finalement, Paul s'aperçoit que la vieille carte de son père est un véritable trésor. S'il avait su…

Sentir la présence de l'ego

Aider les enfants à comprendre la manière dont fonctionne l'ego va leur permettre de l'identifier rapidement dès qu'il frappe à la porte de leur esprit et, comme pour la carte de Paul, de l'utiliser à bon escient.

Je pratique souvent avec mes élèves une méthode qui me permet de leur faire sentir la présence de leur ego (leur montrer qu'il est là, « dans leur boîte à gants », « à portée de main »). Je fais cela de façon légère, dans la bonne humeur, sans qu'ils s'en aperçoivent vraiment.

J'utilise l'autodérision. Si l'enfant voit l'adulte se moquer de lui-même, non seulement il s'amusera, mais il constatera en plus que l'adulte y prend du plaisir. Cet enfant, qui aura vécu une situation plaisante, aura tendance à vouloir la reproduire ensuite. C'est un bon exercice pour démasquer l'ego sans haine ni violence, de façon naturelle. C'est un modèle qui enseigne à l'enfant comment utiliser l'ego pour faire naître la joie et permettre de s'amuser ensemble.

Il y a de multiples occasions où l'on peut faire sentir à l'enfant la différence entre **« Je suis le centre du monde » et « Quelle joie d'être là ! ».**
Vous sentez la différence ?

Cette différence entre le « je » et le « nous ». L'enfant n'est plus un centre magnétique autour duquel tout doit tourner, mais il devient un élément d'un tout. Il n'est pas plus, ni moins. Il est relié au monde, mais aussi à son ego dont il a trouvé l'équilibre pour bâtir une personnalité bien structurée.

Voici quelques pistes de travail que l'on peut envisager pour orienter le « je » vers le « nous ».

- Créer des moments de joie d'être ensemble. Autour d'une activité ludique, par exemple, d'une chanson, d'une ronde, d'un jeu, d'une création artistique, etc. Dans ces moments-là, l'enfant oublie son moi car il n'a plus besoin de prouver quoi que ce soit, juste ressentir la joie d'être ensemble. Et quand la joie parle, l'ego se tait.
- Le don est également un bon remède contre l'égocentrisme. Certes, un enfant de maternelle n'est pas naturellement enclin à donner, mais lorsqu'il est en groupe, le don se fait plus facilement. Par exemple, si les enfants d'un atelier ont besoin d'un feutre beige, en demandant aux autres groupes, on obtient à coup sûr de multiples réponses positives. En valorisant les donneurs, vous en aurez de plus en plus, et vous sèmerez ainsi quelques graines d'altruisme. Et quand je pense altruisme, l'égocentrisme s'efface.
- S'il y a un thème qui nous aide également à nous relier aux autres et à atténuer le bruit de notre ego, c'est celui de la gratitude. Apprendre à nos enfants à dire merci, et surtout leur faire comprendre que tout ce qui nous entoure est un don d'autrui. Cette prise de conscience est un levier naturel pour remettre à sa place cet encombrant ego.

Et les exemples sont légion : ton pull en laine a pu être fait grâce à un mouton qui a donné sa laine (on peut lui dire merci !), et il a été tricoté par une personne (merci à cette personne !), puis il a été emballé par une autre (merci !), puis transporté jusqu'au magasin par une autre encore (merci !), et finalement vendu par la vendeuse du magasin (merci !). Les enfants sont friands de ces petites histoires de mercis. Et, souvent, ce sont eux qui viennent nous voir, un objet à la main, pour nous demander de leur en raconter « l'histoire en mercis ».

Les mercis nous relient les uns aux autres. Ils orientent le « je » vers le « nous » en allégeant l'ego. Personnellement, j'admire les nouvelles générations qui se battent pour l'écologie, car elles sont un bel exemple de cet ego équilibré, dimensionné pour l'altruisme.

Merci à elles !

Démasquer l'ego

1. L'ego est juste une image que l'on a construite au fil du temps.
2. Cette image n'est pas un problème si on est capable de ne pas s'y attacher.
3. L'autodérision est un bon exercice pour apprendre à s'alléger du poids de son ego.
4. Penser « nous » avant de penser « je » est une base solide pour combattre l'égocentrisme.

À tester

La présence d'un animal pour un très jeune enfant est une invitation à l'amour de l'autre. Toutes les facettes de l'altruisme vont alors pouvoir briller : lui donner à manger, s'occuper de lui, jouer avec lui, le caresser… Et pouvoir estomper celles de l'ego : quand je donne du temps et de l'amour à mon animal, je ne suis plus centré sur moi-même ; quand mon ego crée en moi des pensées négatives, l'affection de mon animal me les fait oublier.

Rencontrer ses émotions

« La douceur n'est pas un luxe mais une exigence capitale pour revenir à nos sens. »

JON KABAT-ZINN

Dès la maternelle, voire la crèche, l'enfant apprend à connaître l'adversité. Il explore le monde extérieur en essayant de comprendre comment tout cela fonctionne. Il apprend à faire face à des situations agréables et à d'autres qui le sont moins, voire parfois carrément désagréables. Cela déclenche en lui des sentiments, des émotions qu'il doit gérer. Or, petits ou grands, nous n'avons pas toujours le « mode d'emploi » pour gérer nos émotions.

Lorsque nous sommes confrontés à une situation, quelle qu'elle soit, notre cerveau l'analyse immédiatement et y porte un jugement en délivrant des messages émotionnels. Le problème, c'est que, **du matin au soir, nous sommes confrontés à une multitude de situations et donc à autant de messages émotionnels.**

Ce mécanisme, nous n'en sommes pas forcément conscients : « Qu'est-ce qui me fait réagir comme ça, ce matin ?

Est-ce à cause de mon copain qui m'embête ? Est-ce à cause de la pluie qui se met à tomber ? Est-ce à cause de la séparation d'avec ma maman en arrivant en classe ? »

La liste des causes pourrait s'allonger indéfiniment, mais la situation vécue n'a rien à voir avec la façon de réagir. Ce qui nous fait réagir, ce sont seulement nos émotions.

Si nous arrivons à les identifier, à les analyser, à communiquer avec elles et à les gérer, nous ne nous laisserons pas submerger et nous réagirons différemment. Même si la situation que nous vivons reste difficile, voire douloureuse, même si nous ressentons des émotions désagréables, nous devenons alors conscients des mécanismes qui se jouent en nous. Nous ne sommes plus aveugles à nos émotions, nous ne sommes plus manipulés par elles comme un objet. Nous devenons acteurs et nous apprenons au contact de celles-ci les différents rôles que nous pouvons tenir.

Une petite voix

Une chose que nous pouvons apprendre c'est, par exemple, qu'**une émotion est comme une voix qui nous murmure à l'oreille** (une première pensée). Si nous y attachons trop d'importance, nous allons bientôt entendre une deuxième voix (une deuxième pensée qui amplifie la première). Et plus l'émotion est forte, plus elle s'auto-alimente en ajoutant des voix (et des pensées).

S'il s'agit d'une émotion agréable, cela ne pose pas de problème, au contraire. Nous amplifions notre joie, notre bonheur de vivre cette émotion et, dans ce cas, nous prenons même plaisir à ajouter des voix à notre petite expérience émotionnelle.

En revanche, si nous vivons une émotion désagréable, voire douloureuse, nous devons apprendre à ne pas y ajouter de voix supplémentaires. Cela paraît facile à dire mais c'est très difficile à faire, me direz-vous. Cependant, il existe un outil puissant et qui a fait ses preuves depuis des millénaires. Il s'agit de la méditation de pleine conscience dont je vous parlerai dans le cinquième chapitre. En utilisant certaines techniques simples comme savoir regarder ses pensées ou se recentrer sur son souffle, par exemple, nous pouvons aider l'enfant à désamorcer son empilement de voix, à calmer ses angoisses et à retrouver des capacités cognitives claires.

« Ce matin, je suis assis près de Sandra. Elle essaie de faire un exercice de dénombrement sur la quantité 4. Elle voit ses camarades de table s'activer, réussir et, comme elle a des difficultés, elle commence à angoisser. Un cortège d'émotions l'envahit : "je n'y arriverai jamais... Je vais passer pour une nulle... Les autres vont se moquer de moi... Et pourquoi je ne comprends pas alors que les autres comprennent ?"

Elle vient de repousser rageusement le matériel posé devant elle sur la table.

Je me penche vers elle et lui demande :

– Tu veux que je t'aide ?

Elle m'adresse un sourire forcé.

J'étale quatre pions jaunes sur la table et je lui demande de les compter :

– Un, deux, trois, quatre, dit-elle en pointant son petit doigt sur chaque pion.

Je la félicite.

– C'est bien, Sandra. Tu as bien compté les pions. Alors, maintenant, dis-moi combien tu en as compté...

– Un, deux, trois, quatre, récite-t-elle de nouveau en pointant chaque pion.

– Alors ? Ça fait...

– Un, deux, trois, quatre, répète-t-elle encore.

Je vois où est le problème. Sandra récite la comptine numérique sans mettre de signification derrière les nombres. Pour elle, c'est seulement une suite de mots sans aucun sens de quantité. Elle dit « un, deux, trois, quatre » comme elle dirait « pomme, poire, fraise, abricot » par exemple. Elle est un peu perdue entre les fonctions ordinales et cardinales des nombres. Ce n'est pas bien grave en soi. Je vais l'aider à dénombrer.

Mais avant, il lui faut éliminer le stress qu'elle vient d'accumuler en elle. Je vais donc lui expliquer que les émotions qui la bloquent sont naturelles, que tout le monde les ressent à un moment ou à un autre. Et je vais lui montrer comment faire pour que leur étreinte ne dure que quelques secondes. Car pour l'instant, son esprit en est prisonnier et il le restera tant que Sandra ruminera à leur sujet.

Je passe un bras réconfortant autour de ses épaules et je lui dis :

– Tu sais, moi aussi, parfois, il y a des choses que je ne comprends pas. Et quand je ne comprends pas, je ressens des choses qui me gênent : des fois, je ressens de la tristesse, ou de la colère, des fois même, de la peur. Tu ressens ces choses-là, toi aussi ?

Je sens dans son regard de la curiosité. Comment ? Mon maître, lui aussi, vit des choses comme ça ? Elle acquiesce.

– Qu'est-ce que tu ressens, là, maintenant ? De la tristesse ? Ou peut-être de la colère ? De la peur ?

Sur ma dernière proposition, elle fait non de la tête.

– Ça m'énerve, me confie-t-elle.

– C'est normal, Sandra, moi aussi ça m'énerve, parfois, de ne pas comprendre quelque chose. Tu veux que je te montre comment faire partir les émotions qui t'embêtent ?

– Oui.

Je la guide :

– On va fermer les yeux, tous les deux... Très bien... Maintenant, tu vas poser ta main sur ton ventre... (je pose ma main sur la sienne). Tu sens ton ventre monter et descendre pendant que tu respires ? Il est tranquille ton ventre... Ce n'est qu'une toute petite colère qui est en toi... Quand on va souffler, on va souffler doucement, lentement... Et cette petite colère va partir, comme un nuage dans le ciel... Là, on inspire... Et on souffle... doucement... longuement... La petite colère est en train de s'en aller...

Je continue à guider Sandra durant un moment. Pendant ce temps, j'enlève deux pions de la table. Il n'en reste donc que deux.

Quand j'invite Sandra à ouvrir les yeux, elle se retrouve face à deux pions jaunes.

Je fais l'étonné :

– Tiens ! Il n'y a pas le même nombre de pions que tout à l'heure ! Combien en as-tu ?

– Deux, me répond-elle cette fois avec beaucoup d'assurance.

Sandra a laissé filer sa colère. Maintenant, elle est prête à réfléchir. Je prends deux pions rouges que je pose devant moi en disant :

– Moi aussi j'ai envie de prendre des pions !

Je me tourne vers elle et demande :

– J'en ai combien ?

– Deux aussi.

– Tu as raison : deux aussi. Sandra a deux pions jaunes et Christophe a deux pions rouges. Et quand Sandra et Christophe mettent leurs pions ensemble (je dispose les quatre pions sous la forme d'une constellation), ça fait quatre !

Elle me sourit.

– C'est comme ça, quatre ?

– Oui, c'est comme ça, quatre.

Les émotions sont utiles

Certaines émotions bloquent les enfants, non seulement dans leurs apprentissages, mais aussi dans leur vie. Quand trop d'émotions tournent en boucle dans leur tête, il leur est difficile de penser à autre chose. Elles envahissent chacune de leurs pensées, les handicapent, voire les paralysent.

Il est important de leur faire comprendre que les émotions sont quelque chose de naturel, qui fait partie de nous. **Les émotions ne sont ni nos amies ni nos ennemies et elles sont toutes utiles.** Nous devons juste apprendre à vivre avec elles, à savoir décrypter leur fonctionnement, pour qu'elles ne nous perturbent pas trop. En tout cas, pas trop longtemps.

Alors, enseignons à nos enfants, dès leur plus jeune âge, à les identifier, à mieux les connaître, à les observer sans se laisser submerger par elles.

Parmi les astuces que j'utilise avec mes élèves, il y en a une que je trouve intéressante pour les aider à prendre du recul par rapport aux émotions. Je leur apprends, par exemple, à ne plus dire : « Je suis en colère » mais, par exemple : « Je sens la colère qui monte en moi ». Cela les habitue peu à peu à ne plus s'identifier à leurs émotions et à comprendre qu'ils *ne sont pas* la colère.

Quand l'enfant comprend qu'il n'est pas l'émotion, il sent qu'il peut avoir un contrôle sur elle. Cela l'aide à mieux évoluer au quotidien et l'apaise. De plus, la force de l'expérimentation (grâce à la méditation de pleine conscience, par exemple) développe ses aptitudes à observer sa vie intérieure et à réagir de façon adaptée avant que les émotions ne prennent de l'ampleur et n'imposent leur diktat.

Rencontrer ses émotions

1. Ce qui nous fait réagir, ce n'est pas la situation, ce sont les émotions.
2. Si on apprend à gérer ses émotions, on se donne plus d'aisance pour faire face aux situations.
3. La méditation de pleine conscience peut aider à gérer les émotions

À tester

Les jeunes enfants traversent parfois des périodes de terreurs nocturnes. Mais comment gérer nos émotions quand nous sommes endormis ? Une solution existe : travailler en amont. Premièrement, rassurez votre enfant en lui faisant comprendre que ces cauchemars sont produits par ses pensées et n'ont donc pas de vie propre. Deuxièmement, fabriquez avec lui un « attrape-rêves » (un dreamcatcher comme disent les Amérindiens) que vous posez sur sa table de nuit. Son rôle : attraper les cauchemars qui passent à sa portée pour ne plus les refaire. Quelques idées : un donjon en carton, une chouette en origami, ou un petit filet à papillon dans la main de son doudou préféré !...

Cultiver le bonheur de l'intérieur

« Il y a deux tragédies dans la vie : l'une est de ne pas avoir ce que l'on désire ; l'autre est de l'obtenir. »

OSCAR WILDE

Nous avons souvent l'impression qu'il nous manque quelque chose pour être heureux. Mais quoi ?

Alors, nous cherchons. Malheureusement, neuf fois sur dix, **nous cherchons le bonheur au mauvais endroit.** Par exemple, par l'acquisition d'un bien qui, nous en sommes sûrs, nous manque. Dès que nous l'avons acquis, nous en tirons un certain plaisir, une certaine satisfaction, puis, après quelques semaines, nous nous apercevons que cette acquisition ne nous rend pas plus heureux qu'avant et nous repartons dans une nouvelle quête.

Aujourd'hui, l'enfant est bombardé de messages qui mettent en avant l'équation « bonheur = matériel » par la télévision, les publicités en tout genre, ou encore par l'habitude des « objets-récompenses ». Peu à peu, l'enfant s'installe dans la certitude qu'il doit rechercher le bonheur à l'extérieur de lui.

Notre société de consommation lui explique qu'il trouvera le bonheur en exauçant tous ses désirs, les uns après les autres. Mais cette course sans fin peut virer à l'obsession et créer une dépendance qui non seulement risque d'être douloureuse, mais qui, en plus, l'empêche de voir qu'il cherche le bonheur au mauvais endroit.

Bonheur et plaisir

Nous avons tous tendance à chercher le bonheur au mauvais endroit. Cela vient du fait que nous confondons souvent bonheur et plaisir. **Le plaisir s'attrape, le bonheur se cultive.**

Cela dit, le plaisir s'attrape, mais il se laisse également attraper facilement. Le plaisir pourrait être comparé à un bien de consommation courante, à une tranche de vie agréable. Il est plutôt perçu par l'un de nos sens, contrairement au bonheur qui, lui, est ressenti de façon plus diffuse par l'intérieur.

Le plaisir est produit par des stimuli agréables que nous apporte la satisfaction de nos besoins primaires, comme se nourrir, faire l'amour, goûter au confort, savourer une activité...

Ce qui rend la frontière difficile à saisir entre plaisir et bonheur, c'est que le bonheur peut être, en partie, construit sur l'addition de plaisirs. Je dis « en partie », car le bonheur n'est pas qu'une simple accumulation de plaisirs. Certains plaisirs, s'ils sont répétés, peuvent vite conduire à la déception, voire au dégoût. Par exemple, si un enfant adore les crottes en chocolat, il vivra, certes, un immense plaisir en y goûtant, mais s'il pousse son plaisir jusqu'à en manger trop, il risque d'en être dégoûté (ou malade !).

Certains plaisirs peuvent contribuer au bonheur (une soirée entre amis ; une sieste à l'ombre d'un pin ; lire un bon roman ; etc.), mais le bonheur n'est pas le plaisir. Nous pouvons également nous en rendre compte quand, par exemple, nous constatons qu'un enfant prend du plaisir à embêter les autres, voire à leur faire du mal.

Quand notre recherche du plaisir se fait au détriment des autres, il ne peut pas conduire au bonheur. Un enfant qui fait du mal aux autres, que ce soit verbalement ou physiquement, n'est pas heureux. En fait, il cache au fond de lui une souffrance personnelle qu'il exprime de cette façon.

Pour que le plaisir participe à la construction de notre bonheur, il est nécessaire qu'il englobe le monde dans un sentiment de partage et d'amour. Même si je suis seul pour savourer un coucher de soleil, mon plaisir n'est pas égoïste pour autant car en admirant la nature, je communique avec elle dans un message d'amour. De même, lorsque j'admire une œuvre d'art, j'envoie mon enthousiasme et mon admiration en direction de l'artiste qui l'a créée.

La quête du plaisir individuel tourné exclusivement vers soi ne pourra jamais apporter le bonheur. Pire, les échecs répétés dans cette quête toxique créent frustration, désillusion et parfois colère, envers soi-même et envers les autres.

Montrons à nos enfants que le bonheur se construit dans la façon dont on regarde la vie. Apprenons-leur à porter un regard positif sur chaque échange possible, en abordant chaque expérience, bonne ou mauvaise, comme une opportunité de se sentir vivant et heureux de la vivre.

« Ce matin, Marcus est arrivé à l'école avec une petite voiture rouge (d'un célèbre dessin animé).
Il est fier de sa voiture. La première chose qu'il fait, c'est aller voir son copain Tiago pour la lui montrer. Tiago est enthousiaste. Il tend la main pour pouvoir la toucher, mais Marcus s'en va vers le tapis de jeu imprimé d'un réseau routier.
Marcus fait rouler sa petite voiture sur les routes du tapis. Tiago s'approche de lui. Je vois qu'il lui parle. Je n'entends pas sa voix mais je devine qu'il lui demande de partager le jouet avec lui. Cependant, Marcus est sourd à sa demande et il continue à s'amuser seul avec sa voiture.
Je m'apprête à intervenir quand, au même moment, je m'aperçois que Tiago tourne le dos à Marcus. Lassé de l'égoïsme de son ami, il s'en va jouer plus loin avec d'autres enfants affairés autour d'un château fort.
J'observe Marcus qui continue de jouer tout seul. Tristan s'approche de lui, intéressé par la voiture. Il tend la main vers la voiture et lui demande de jouer avec lui, mais une fois encore Marcus refuse.
– Non ! C'est à moi ! s'écrie-t-il.
Je m'attends à ce qu'un conflit éclate mais, contre toute attente, Tristan n'insiste pas et s'en va rejoindre Tiago au château fort. À ce moment-là, je dois l'avouer, je suis agréablement surpris par la réaction de ces deux élèves.
Au bout de quelques minutes, Marcus arrête de faire rouler sa voiture sur le tapis. Il regarde avec envie ses copains jouer et rire autour du château. Alors, il pose sa voiture sur mon bureau et va rejoindre les autres qui l'accueillent avec plaisir. Cette décision m'enchante : Marcus a laissé son objet de consommation pour partager un moment de convivialité.

Chercher le bonheur au bon endroit

Il est important de faire sentir à l'enfant que la joie et l'épanouissement valent dix fois plus qu'un morceau de métal.

Posséder des biens, cela peut parfois être utile, mais se faire posséder par eux, cela ne sert à rien, sinon se rendre malheureux. C'est s'emprisonner dans le futile au lieu de s'épanouir à travers de belles expériences de vie.

L'épanouissement de l'enfant doit être notre priorité. Il est nécessaire de lui faire comprendre que le bonheur se cultive de l'intérieur, c'est une réflexion intime sur la façon dont on perçoit le monde.

Et si nous aidions nos enfants à percevoir le monde par le bon bout ?...

« Quelques minutes plus tard, Mohamed s'approche de moi en me montrant la voiture posée sur mon bureau.
– C'est à qui ?
– C'est la voiture de Marcus.
– Je peux jouer avec ?
Je prends la voiture et j'appelle Marcus. Marcus nous rejoint, je lui explique :
– Mohamed voudrait jouer avec ta voiture. Tu veux bien la lui prêter ?
– Non, répond Marcus.
– Pourquoi ?
– Parce que c'est moi qui joue avec.

– Non, Marcus, tu ne joues pas avec. Pour l'instant, tu es en train de jouer au château avec des copains.
– Oui mais maintenant, je veux jouer avec !
Mohamed me lance un regard triste. Je m'accroupis, je prends les mains de Marcus dans les miennes, je plonge mes yeux dans les siens.
– Marcus… Écoute bien ce qui va se passer… Deux choses sont possibles… La première : tu reprends ta voiture. Tu vas jouer avec, tout seul, comme tout à l'heure, et tu vas t'ennuyer, tout seul, comme tout à l'heure. La deuxième : Mohamed va être content parce que tu lui prêtes ta voiture, et toi, tu seras content parce que tu joues avec tes copains au château et en plus, tu auras fait plaisir à quelqu'un.
Marcus observe Mohamed, puis il jette un regard à sa voiture. Je la lui pose dans la main afin de le laisser prendre sa décision. J'ajoute :
– Il y fera très attention, n'est-ce pas Mohamed ?
– Oui.
Marcus réfléchit encore deux secondes, puis il finit par tendre sa voiture à Mohamed.
– Tiens !

Le bonheur, même en enfer

La vision que l'on a du monde évolue tout au long de notre vie. Si l'on a la chance d'avoir près de nous dès l'enfance des adultes bienveillants qui nous aident à faire les bons choix, notre vision du monde sera lumineuse. Nous aurons plus de chance de nous épanouir et donc de découvrir ce qu'est le vrai bonheur.

Éduquer l'esprit de l'enfant vers une vision lumineuse du monde ne signifie pas le nourrir d'illusions, mais plutôt l'amener à comprendre que cette lumière se gagne, se provoque, se travaille ; qu'elle n'arrive pas sans effort, mais à force de réflexion et d'actes positifs ; dans le partage plutôt que dans l'égocentrisme.

Tiens ? Revoilà l'ego qui pointe le bout de son nez !

Comme je l'expliquais précédemment dans le premier chapitre, l'ego fait partie intégrante de nous et, si l'on prend le temps de le démasquer, il peut nous être utile. Dans la recherche du bonheur, par exemple, il peut être très utile. Cela peut paraître étrange à première vue, mais vous allez voir, le principe est simple. Créons une situation concrète pour l'illustrer :

Nous nous sommes tous retrouvés un jour ou l'autre dans une soirée ennuyeuse, voire pénible. L'ambiance ne nous plaît pas, et nous y retrouvons des personnes que nous détestons. Elles sont prétentieuses et hautaines et, comble de malchance, nous sommes assis à côté d'elles.

Nous avons le choix entre :

- nous focaliser sur notre infortune, nous lamenter pendant des heures et passer notre temps à ne souhaiter qu'une chose, que la soirée se termine pour rentrer chez nous ;
- ou prêter attention à notre ego en décryptant toutes les pensées négatives qu'il crée.

Le jour où j'ai envisagé la seconde solution, d'un seul coup, j'ai perçu cette soirée comme un cadeau tombé du ciel, une leçon très instructive sur ce qui se passe dans mon esprit. Cette opportunité de découvrir le fonctionnement de mon ego, d'examiner les pensées qu'il créait en moi, un peu comme si je fouillais avec enthousiasme dans un vieux coffre oublié dans mon grenier, m'a soudain permis de m'amuser à l'écoute des vantards et des indélicats.

Ce soir-là, j'ai découvert que, une fois démasqué, l'ego peut nous donner accès au bonheur. Je me suis réellement amusé à écouter les autres parler d'eux-mêmes. J'ai même participé à la conversation pour explorer ensuite les diverses et fascinantes facettes de l'ego de mes interlocuteurs...

À cette occasion, j'ai également appris quelque chose d'important au sujet du bonheur : si nous sommes capables de connaître le bonheur dans des situations qui, au départ, sont perçues comme un enfer, nous sommes capables de connaître le bonheur n'importe où, n'importe quand et dans n'importe quelle circonstance. Car **le bonheur est là, en nous. Inutile de le chercher ailleurs.**

Apprenons à nos enfants à être à l'écoute de ce qu'il y a au plus profond d'eux-mêmes, à savoir le décrypter, à exprimer qui ils sont vraiment et à vivre chaque moment avec conviction et enthousiasme.

Ainsi, nous leur ouvrirons en grand la voie de l'épanouissement, de la plénitude et de l'accomplissement de soi. Et nous leur ferons prendre conscience, au fil du temps, que ces trois piliers du bonheur ne sont pas une destination, mais une direction. Un beau voyage qu'il faut apprendre à savourer.

Cultiver le bonheur de l'intérieur

1. Le bonheur ne s'obtient pas en accumulant les biens ou les plaisirs.
2. Le plaisir peut participer au bonheur, mais il n'est pas le bonheur.
3. Observer ce qui se passe au plus profond de soi permet d'aller vers le bonheur grâce au regard juste et positif que l'on porte sur la vie.
4. Épanouissement, plénitude et accomplissement de soi sont de justes piliers du bonheur.

À tester

La contemplation et l'émerveillement ont des vertus extraordinaires liées au sentiment de plénitude. Prenez le temps de partager ces instants avec votre enfant : se promener dans un lieu nouveau, observer vos plantations, admirer le coucher du soleil, écouter les bruits de la nature, s'allonger dans la neige et regarder les flocons tomber... et tous ceux que vous saurez inventer !

Savourer l'aisance de l'humilité

« Gonfle-toi d'air, mon compagnon, et tu enfanteras du vent. »

PROVERBE ESPAGNOL

Le jeune enfant cherche en permanence sa place. Sa place parmi ses proches, parmi les autres enfants, sa place dans la société, dans le monde... Notre rôle à nous, adultes, est de l'aider à trouver cette place en lui enseignant les bonnes valeurs, celles qui alimenteront sa vie intérieure tout en guidant judicieusement ses interactions avec la vie extérieure.

L'humilité fait partie de ces belles valeurs qui lui permettront de bâtir des relations harmonieuses et enrichissantes. De plus, **celui qui vit avec les autres en toute humilité a la chance de pouvoir évoluer au quotidien dans un grand confort émotionnel.**

Nous avons tous croisé, un jour, quelqu'un d'avenant, simple qui ne se met jamais en avant et qui attire la sympathie des gens. Ce genre de personne jouit d'une vie relationnelle épanouie car elle sait se montrer telle qu'elle est, sans artifices, et porte un regard bienveillant sur les autres.

On l'admire alors qu'elle ne met pas en avant ses qualités. On recherche sa compagnie alors qu'elle n'est pas celle qui fait le plus parler d'elle.

Alors, comment fait-elle ?

L'équation est simple : pour vivre en parfaite harmonie avec tout le monde, il suffit de poser les armes (supériorité affichée, dédain, suffisance...) et de les remplacer par de belles valeurs (ouverture, simplicité, bienveillance...).

Échange et partage

Vouloir être toujours mieux que les autres est bien souvent une course sans fin. Celui qui s'engage dans cette bataille finit toujours par s'épuiser et stresser. La peur continuelle de perdre son image de gagnant pèse très vite sur ses épaules. De plus, les autres risquent de le critiquer, de se moquer de lui. Mais ce n'est pas le pire car, en admettant que quelqu'un le critique ou se moque de lui, cela pourrait lui permettre de se remettre en question et de corriger son comportement. Le pire arrive quand les autres finissent par lui tourner le dos et le rejeter sans lui donner d'explication.

En revanche, les valeurs liées à l'humilité permettent de se libérer de toutes ces charges émotionnelles. Accueillir les autres avec leurs différences, leurs qualités et leurs défauts, c'est assumer et montrer que l'on est comme eux. C'est aussi s'alléger du poids de notre image et se contenter de rester dans l'échange et le partage.

Il est facile de montrer à l'enfant qu'en faisant cela, les autres n'ont plus le sentiment d'être jugés, critiqués ou en concurrence ; qu'ils se trouvent moins sur la défensive et plus aptes à apprécier toutes ses qualités. Alors, il comprend que **moins il cherchera à mettre en avant ses qualités, plus elles seront lisibles pour les autres.**

Il est également important de bien lui expliquer qu'être humble ne signifie pas être *moins* que les autres, ou *plus faible*. Il ne s'agit pas d'être effacé ou muet. Il s'agit simplement d'arrêter d'être obsédé par son image.

Car l'humilité n'est pas *ne rien faire*. C'est, par exemple, participer aux échanges, donner son avis, affirmer ses positions. C'est *passer à l'action,* mais pas n'importe comment.

C'est, premièrement, avoir des convictions louables ; deuxièmement, ne pas les crier sur tous les toits ; et troisièmement, faire son possible pour mettre ses actes en accord avec ses convictions.

Quand on avance dans la vie avec humilité, on est en paix avec soi, on est en paix avec les autres, et on est alors capable d'accomplir de grandes choses. J'irai même plus loin, **des choses accomplies par une personne humble sont souvent plus appréciées et admirées que ces mêmes choses faites par quelqu'un de suffisant.**

“ Un jour, Héloïse s'est vantée auprès de ses copines de savoir « faire du vélo sans petites roues ».
Sans doute était-ce, au départ, pour afficher une certaine supériorité sur ses amies qui, elles, avaient dit et assumé la vérité depuis le début.
Malheureusement, un mois plus tard, l'une d'elles, Léa, rencontra Héloïse dans un parc. Cette dernière, accompagnée de sa maman, faisait du vélo… avec des petites roues.

Le lendemain en classe, le groupe de copines n'a pas tardé à traiter Héloïse de menteuse. Puis, rapidement, à se moquer d'elle.

Je me suis approché du groupe pour désamorcer le conflit naissant. J'aurais pu me contenter de prendre Héloïse à part et de lui faire comprendre les tenants et les aboutissants de cette leçon, mais j'ai préféré réunir le groupe de copines autour de moi pour les aider à appréhender cette difficile notion d'humilité :

– Ce n'est pas très gentil de vous moquer d'Héloïse, parce que ce qu'Héloïse a fait, vous aussi vous l'avez déjà fait.

– Moi, j'ai pas menti pour mon vélo, a protesté Léa.

– Moi non plus, ont rétorqué les deux autres.

– Je ne vous parle pas de mensonge, les enfants. Je vous parle de quelqu'un qui veut être mieux que les autres. Si Héloïse a menti, c'est parce qu'elle voulait être meilleure que vous. Léa, toi, hier, tu voulais absolument être rangée devant les autres et tu t'es vantée d'être la première. Tu t'en souviens ?

– Oui.

– Et te rappelles-tu ce qui s'est passé ensuite ?

– Oui, Julien m'a tapée.

– Exactement. Julien t'a tapée. Ce n'est pas bien de taper les autres, on le lui a dit, mais si tu ne t'étais pas vantée d'être la première, tu n'aurais énervé personne, et personne ne t'aurait tapée.

Je me tourne vers les deux autres, Sirine et Cassandra.

– Et vous deux, l'autre jour, vous vous êtes disputées parce que chacune voulait avoir la plus belle robe. Vous voyez, les filles, vous faites comme Héloïse. Vous voulez être mieux que les autres, plus belles, plus fortes…

Les trois copines jettent un regard gêné en direction d'Héloïse. Je sens qu'elles commencent à comprendre.

– Que pensez-vous de ce genre de comportement ? Est-ce que c'est bien ?

– Non, répondent-elles de concert.

– Non, vous avez raison, ce n'est pas bien. Quand on fait cela, on se vante, on est des vantards. Et être un vantard, ou une vantarde, ce n'est pas beau, croyez-moi. Et quand on est vantard, on a toujours, à un moment ou à un autre, des problèmes avec les autres. Vous vous en êtes rendu compte, n'est-ce pas ?

Mes quatre élèves ne disent rien. Je poursuis :

– Quelqu'un qui ne cherche pas à être mieux que les autres, ni à se vanter, c'est quelqu'un qui est heureux avec les autres. Et les autres l'aiment aussi. C'est normal, on aime les gens qui ne se vantent pas, les gens humbles. Vous aimeriez être humbles, vous aussi ?

Cette fois, j'obtiens des oui enthousiastes.

– Alors, c'est simple : arrêtez de vous moquer d'Héloïse, arrêtez de vouloir être mieux que les autres, et reprenez vos occupations…

Je leur adresse un sourire entendu pour ajouter :

– … sans vous vanter !

Une affaire de dosage

Les frontières de cette opposition humble/vantard ne sont pas faciles à maîtriser pour de jeunes enfants. Ceux qui ont des problèmes d'estime de soi ont du mal à évaluer la dimension réelle de l'humilité. Ils ont envie d'être humbles, mais ils s'emmêlent parfois dans le dosage de leur propre curseur.

Par exemple, les enfants qui ont tendance à se dévaloriser peuvent penser qu'être humble signifie s'effacer et accepter tout ce qui vient des autres. Le risque, en se comportant de la sorte, est qu'ils finissent par se faire manipuler, voire malmener. Il est donc nécessaire de leur faire comprendre que l'humilité passe avant tout par l'affirmation de ses convictions, en s'exprimant et en agissant.

Dès l'instant où leur intention est louable, il est important qu'ils défendent leur liberté de parler et d'agir.

Toutefois, l'enfant qui manque de confiance en lui peut aussi dériver dans l'autre sens et glisser vers le « paraître ». Cet enfant qui a besoin de se rassurer, de montrer qu'il existe, peut être tenté d'affirmer ses convictions en écrasant les autres. Notre rôle, à nous, adultes, est de le remettre tranquillement sur les rails en lui rappelant que l'humilité doit toujours être l'expression de convictions louables dans le respect de l'autre.

Petit à petit, la pratique de l'humilité aidera chaque enfant à comprendre que l'intérêt qu'il en tirera sera lié à celui d'autrui. Ainsi, il saisira vite et sans effort que **l'image que l'on donne de soi est toujours plus belle quand elle passe par son amour pour les autres plutôt que par son amour-propre.**

Sur un plan plus général, cela le confortera dans l'idée que le « nous » est plus important que le « je ». Il deviendra conscient que, non seulement il n'est qu'un élément dans une grande mécanique, mais qu'en plus, chacun d'entre nous est important dans cet ensemble.

Savourer l'aisance de l'humilité

1. Vivre en toute humilité, c'est vivre dans un grand confort émotionnel.
2. Moins on cherche à mettre en avant ses qualités, plus elles sont lisibles pour les autres.
3. L'humilité ne signifie pas être « moins » ou « plus faible », mais arrêter d'être obsédé par son image.
4. L'humilité n'est pas « ne rien faire », mais « passer à l'action » en exprimant des convictions louables. C'est aussi participer aux échanges, donner son avis, affirmer ses positions, mais sans se vanter et dans le respect de l'autre.

À tester

Rions avec nos enfants de nos erreurs, de nos gaffes. Des leurs aussi ! Instaurez un état d'esprit où chaque membre de la famille va prendre le pari de rire de lui-même plutôt que de se braquer bêtement. Essayez ! Vous verrez, l'humilité et le rire vous rapprocheront dans la bonne humeur par des liens à la fois forts et simples.

Savoir se pardonner

« Ce que l'on n'a point assez dit, c'est que c'est un devoir aussi envers les autres que d'être heureux. »

ALAIN

S'il y a un exercice difficile à faire une fois adulte, surtout si l'on n'y a pas été préparé pendant l'enfance, c'est pardonner. La raison nous dicte que c'est la meilleure voie, mais l'ego (encore lui) nous en empêche.

Mais si pardonner est parfois difficile, *se* pardonner l'est souvent plus encore.

Comme nous l'avons vu, la construction d'un ego équilibré s'entreprend très jeune, notamment en dédramatisant les échecs, car l'enfant a vite fait de se mettre la pression. Culpabilité, honte... il ne s'épargne pas.

Le jeune enfant est sans filtre, il découvre ses émotions et il se laisse parfois submerger par elles. Quand il commet une faute, ou même une simple erreur, il est souvent incapable d'analyser la causalité de son acte avec recul. Il s'inflige une responsabilité démesurée, une culpabilité excessive, qui l'entraînent dans des ruminations douloureuses.

Nous nous devons, nous, adultes, de l'accompagner avec empathie dans le processus qui va l'amener à faire le lien entre les faits, les comportements, les émotions et les pensées.

« Marion vient me voir en pleurant. Entre deux sanglots, elle me confie :

– Chloé, elle veut plus être ma copine !

– Ah bon ? Que s'est-il passé ?

Elle baisse les yeux. J'ai l'impression qu'elle se sent coupable de quelque chose. Je lui demande :

– Tu n'as pas été gentille avec elle, c'est ça ?

- Oui, lâche-t-elle du bout des lèvres.

Après l'avoir questionnée, j'apprends que Marion a traité Chloé de « bébé » parce que cette dernière ne savait pas faire de roulade. Je me rends vite compte qu'il s'agit d'une simple friction d'ego qui peut être résolue par le pardon.

Je demande à Marion si elle est prête à s'excuser, puis je décide de réunir les deux copines.

Chloé regarde Marion avec des yeux sombres. Marion retient quelques sanglots.

– Tu vois, Chloé, je crois que Marion est triste parce qu'elle a compris qu'elle n'avait pas été très gentille avec toi, et... elle voudrait te dire quelque chose...

– Pardon, dit Marion.

Je me tourne vers Chloé pour lui demander :

– Tu veux bien pardonner à Marion ?

– Oui.

– Alors, tout va bien. Allez jouer, maintenant.

Chloé et Marion s'en vont tranquillement jouer dans un coin de la classe. Chloé a pardonné facilement à Marion, mais s'est-elle pardonnée à elle-même ?...

Le lendemain matin, pendant la séance de motricité, j'aperçois Chloé assise à l'écart. Elle regarde ses camarades faire des roulades, mais son esprit semble ailleurs.

Je viens m'asseoir près d'elle.

– Tu ne veux pas essayer de faire des roulades, aujourd'hui ?

– Non.

– Pourquoi ? Hier, tu as essayé pourtant.

Elle ne répond pas. J'ai l'impression qu'elle rumine les mots blessants que Marion a eus à son égard la veille. Ces ruminations la font douter de ses capacités (Vais-je y arriver ?), installant en elle un peu de honte (Elle a raison, je ne suis qu'un bébé !) ou de culpabilité (Je suis nulle, je n'y arriverai jamais !).

J'essaie d'en savoir plus :

– Tu penses que tu es un bébé parce que tu n'arrives pas à faire des roulades, c'est ça ?

Elle plonge ses yeux dans les miens, des yeux à la fois tristes et implorants, comme accrochés à mon avis définitif…

… qui arrive :

– Ce ne sont pas les autres qui décident de qui tu es. C'est toi. Si tu as envie d'être un bébé, reste là et ne fais rien.

Elle réfléchit. Se pardonner, aller de l'avant, c'est un vrai travail sur soi, un effort d'empathie personnel.

Je la prends par la main et j'ajoute :

– Moi, je sais que tu n'es pas un bébé parce que tu as déjà essayé de faire des roulades hier et avant-hier. Et même si tu n'y arrives pas encore, ce n'est pas grave. C'est à force d'essayer que l'on arrive à faire les choses. Viens, je vais t'aider…

La séance suivante, Chloé a bouclé sa première roulade sans aide.

Le rôle de l'empathie

La culpabilité n'est pas un sentiment à bannir, il faut plutôt la considérer comme une étape sur la voie du pardon. Elle présente même un aspect positif, car elle permet, en effet, de ressentir de l'empathie.

L'empathie est une ouverture vers l'autre (ou vers soi-même, en l'occurrence) dont l'objectif est d'essayer de comprendre ce qu'il ressent (et ce que je ressens).

Dans la situation où nous avons fait du mal à quelqu'un, c'est faire un pas vers lui. Le fait de le comprendre et de commencer à chercher une solution pour lui nous permet d'alléger notre charge émotionnelle. **C'est transformer le sentiment de culpabilité en action bienveillante.**

Dans la situation où l'on est seul face à soi-même, quand nous sommes plongés dans un conflit intérieur et personnel, se donner de l'empathie permet de remonter jusqu'à nos besoins fondamentaux. La vraie question pour Chloé n'est alors plus : « Suis-je un bébé ? » Mais : « Qu'est-ce que je veux vraiment ? Rester un bébé ou grandir ? » À partir du moment où l'on identifie son besoin, la culpabilité fait alors place au désir d'action.

Dans le cas où la culpabilité devient une affaire personnelle, elle peut vite tourner en boucle dans des ruminations sans fin. Il est donc primordial d'être à l'écoute de l'enfant et d'avoir un regard attentif sur son comportement. Si la culpabilité s'installe trop longtemps chez lui, elle peut l'envahir et le bloquer en se transformant en un sentiment de honte.

Il est possible d'extraire l'enfant de ce sentiment de honte en l'aidant à verbaliser ses regrets. En fait, il est toujours judicieux de passer rapidement de la honte au regret. Car la honte est sclérosante. Elle n'est pas axée sur l'acte commis, mais figée sur l'intime de l'enfant, sur sa valeur ressentie, sa personne, qu'il dévalorise en se faisant souffrir. Nous sommes ici dans un schéma destructeur.

À l'inverse, le regret lui permet de se concentrer sur les faits, de reconnaître ses erreurs et d'utiliser son énergie pour trouver des solutions. Nous sommes cette fois dans un schéma constructif. Non seulement, l'enfant s'épargne de la souffrance, mais en plus, il est dans une recherche de solution à son problème. Et quand il l'aura trouvée, il accédera à un niveau d'estime de soi encore plus élevé car il saura comment être meilleur à l'avenir.

Aider un enfant à se pardonner, **c'est l'amener à porter un regard bienveillant sur lui-même** en le faisant réfléchir sur trois principes fondamentaux :

- premièrement, nous ne sommes pas parfaits ;
- deuxièmement, nous faisons tous des erreurs ;
- et troisièmement, nous avons tous en nous un potentiel de perfection.

Apprenons à nos enfants que personne n'est parfait. Ils ont tendance à croire que l'adulte est un modèle, et donc qu'il est parfait. Montrons-leur que nous sommes tous perfectibles. N'ayons pas peur de leur montrer nos failles, de mettre en lumière nos erreurs. Il est important qu'ils comprennent que tout être humain possède des qualités et des défauts.

Il est également nécessaire que nos enfants voient les efforts que nous déployons pour corriger nos défauts, ainsi que les stratégies que nous mettons en place pour nous améliorer. En leur précisant bien qu'il ne s'agit pas d'atteindre la perfection mais simplement de tendre vers elle.

La recherche exclusive de l'excellence ou de la perfection peut être toxique pour l'enfant, car elle peut être vécue comme une norme, comme une obligation de vie. Cela peut créer chez lui un poids psychologique trop lourd et il risque de tomber dans l'obsession du résultat ou de son image.

Il est donc nécessaire de bien lui faire sentir la différence entre s'améliorer et chercher à atteindre la perfection. Il lui sera beaucoup plus facile de se pardonner s'il évolue dans la vie en se disant que, quoi qu'il arrive, il aura fait de son mieux, plutôt qu'en s'infligeant des équations comme « imperfection = médiocrité ».

Savoir se pardonner

1. Se pardonner, c'est arrêter de ruminer sur sa culpabilité pour identifier ses besoins.
2. La culpabilité peut déboucher sur un sentiment de honte. Dans ce cas, il est important de verbaliser ses regrets afin de se concentrer sur les faits (et non plus sur soi) et trouver des solutions.
3. Savoir se pardonner, c'est être conscient de trois points essentiels :
   - premièrement, nous ne sommes pas parfaits ;
   - deuxièmement, nous faisons tous des erreurs ;
   - troisièmement, nous avons tous en nous un potentiel de perfection.

À tester

N'attendez pas que votre enfant soit dans la culpabilité pour lui expliquer que se pardonner, c'est aussi réfléchir sur les choix que l'on a fait. Quand vous lui lisez un album, par exemple, faites-en ensuite une seconde lecture en réfléchissant avec lui sur ce qui se passerait si le héros décidait d'agir autrement. Ces réflexions l'aideront à se pardonner la prochaine fois qu'il aura à trouver des explications et des solutions à son mal-être.

2

Deuxième clé

Être en paix avec les autres

Savoir écouter
Être bienveillant
Faire confiance
Ne pas juger
Oublier envie et jalousie

Savoir écouter

« C'est une triste chose de penser que la nature parle et que le genre humain n'écoute pas. »

VICTOR HUGO

Savoir écouter les autres... voilà un beau programme pour les enfants. C'est un véritable apprentissage et un formidable outil pour progresser dans la vie, pour évoluer dans le monde.

Car écouter n'est pas, contrairement à ce que l'on pourrait penser, si facile que cela. Être en écoute, c'est être présent au monde qui nous entoure, que ce soit un bruit, une musique ou une voix. Bien souvent nous l'entendons, mais l'écoutons-nous vraiment ?

Quand nous entendons, nous sommes passifs ; quand nous écoutons, nous passons en mode actif. Nous sommes alors capables d'analyser ce que notre oreille perçoit. Lors d'une balade en forêt, par exemple, nous entendons les mélodies des oiseaux, mais nous les percevons sans leur donner de sens. Elles forment une présence agréable qui, rapidement, se fait oublier.

La dernière fois que je me suis promené avec des enfants dans la nature, je les ai invités à se poser quelques minutes pour écouter les oiseaux. Pendant ce laps de temps, nous n'avons rien fait d'autre qu'écouter. Et très vite, les enfants ont été capables de créer du sens : « C'est pas les mêmes chants ! » ; « Il y a plusieurs oiseaux ! » ; « On dirait qu'ils se répondent ! » ; « Celui-là répète la même phrase ! » ; etc.

Une présence à l'autre

Écouter demande un effort. Un effort de présence. Ce genre d'effort de gratitude à la vie que nous devons inculquer très tôt aux enfants. Si nous voulons qu'ils aiment la vie, nous devons leur montrer comment la percevoir sous tous ses angles et la savourer en y étant présent.

Apprenons-leur également à s'écouter entre eux, développons chez eux cette présence à l'autre.

Être présent à ce que l'autre dit signifie que toute notre attention, tout notre être est mobilisé pour capter et comprendre ce que dit notre interlocuteur. Nous nous rendons disponibles à autrui. C'est un acte altruiste.

Écouter, c'est aussi laisser l'autre parler sans lui couper la parole, le laisser aller jusqu'au bout de sa pensée. Malheureusement, nous subissons tous, petits ou grands, l'influence de notre ego, et écouter avec respect et attention est parfois difficile. Qui n'a jamais eu cette petite voix intérieure qui lui souffle « je ne suis pas d'accord avec ce qu'il dit » ou « ce qui est dit est judicieux mais j'ajouterais bien telle précision ou telle autre... » ou encore « ça me rappelle une histoire qui... » et cette envie irrésistible d'interrompre notre interlocuteur pour intervenir ? C'est d'ailleurs ce que nous faisons parfois sans forcément nous en rendre compte. La prochaine fois que vous participerez à une conversation, soyez attentif à ces élans spontanés. Vous serez surpris du manque de contrôle que nous concédons à notre ego.

Nous devrions montrer l'exemple à nos enfants. Au lieu de cela, nous avons plutôt tendance à ne pas suffisamment les écouter. Laissons-les parler de leurs envies, de leurs craintes, de leurs problèmes, questionnons-les et écoutons-les véritablement pour pouvoir les aider à évoluer, à s'épanouir, à régler leurs conflits...

Si nous voulons éduquer nos enfants à une meilleure écoute, il est indispensable de commencer par leur montrer l'exemple. Il ne suffit pas d'être attentif à leur discours, il faut également leur montrer que l'on est totalement présent pour eux.

Comment ? Et si nous commencions par arrêter ce que nous sommes en train de faire pour nous accroupir afin d'être à leur niveau, ou nous asseoir avec eux et les regarder quand ils nous parlent, noyer nos yeux dans les leurs, hocher la tête au fil de leurs explications et répondre précisément à leurs questions ?

Dans notre regard, l'enfant doit pouvoir percevoir non seulement de l'écoute, mais aussi de la bienveillance ; de l'empathie s'il nous parle de ses problèmes ; de la joie s'il nous parle de ses bonheurs... Ainsi, l'enfant peut s'imprégner de ce comportement, s'en faire un modèle à suivre, et l'intégrer naturellement dans son propre fonctionnement.

Savoir écouter est un formidable outil pour apprendre. Écouter, c'est comprendre, c'est assimiler. Celui qui sait écouter acquiert un avantage certain pour évoluer avec aisance dans la vie et progresser dans les apprentissages scolaires.

« Je me suis assis à la table d'un groupe de six enfants pour leur expliquer les consignes d'un exercice. Je m'aperçois rapidement qu'ils sont assez distraits. L'un d'entre eux semble même plutôt agité. Je commence par leur expliquer le travail attendu, mais j'ai rapidement des doutes sur la portée de mes paroles. Hugo, occupé à faire des grimaces pour amuser les copains, n'est pas du tout concentré et dissipe l'attention des autres. Plutôt que d'imposer un retour au calme par l'autorité, je préfère utiliser une astuce de « leçon d'écoute ».

Je me tourne vers mon garnement et lui demande :

– Hugo, je vais faire un jeu avec toi. Tu aimes jouer ?

Comme par miracle, Hugo arrête ses bêtises et se tourne vers moi avec enthousiasme. Ses camarades semblent également intéressés. Tous attendent la suite.

Je me lève et j'ouvre une armoire dans laquelle je prends un masque. Ce genre de masque que l'on met pour dormir. Chaque fois que je voyage de nuit en avion, j'en profite pour en récupérer. Je demande même à des amis de faire de même, ce qui me permet d'avoir en permanence un petit stock. C'est le type d'accessoire très utile en maternelle, pour toutes sortes d'activités où l'on doit se bander les yeux.

Je montre le masque à Hugo.

– Ce masque va nous servir à faire le jeu. Je t'explique la règle : je vais te dire la consigne de l'exercice. Tu l'écoutes bien, et ensuite je te pose trois questions pour savoir si tu l'as bien écoutée.

J'installe le masque devant les yeux de Hugo et je commence :

– Aujourd'hui, je vais vous donner un coloriage magique. Pour faire ce coloriage, vous devez colorier les différentes zones.

Mais attention ! dans chaque zone, il y a un signe qu'il faut bien regarder. Car chaque signe correspond à une couleur. Hugo, si tu vois un rond, cela veut dire que tu vas colorier en rouge. Si tu vois un carré, tu vas colorier en bleu. Et si tu vois un triangle, tu vas colorier en jaune.

Hugo, cette fois, est concentré. J'insiste :

– Je répète une dernière fois, écoute bien : pour le rond, c'est rouge ; le carré, c'est bleu ; et le triangle, c'est jaune.

Je lui retire le masque et je pose mes questions :

– Hugo, si tu vois un carré, de quelle couleur vas-tu colorier ?

– En bleu.

– Exact. Si tu vois un rond ?

– En rouge.

– Bien. Et si tu vois un triangle ?

– En jaune.

– Très bien, Hugo ! Tu as répondu à toutes mes questions sans te tromper.

Bien évidemment, ses camarades de table veulent également jouer à ce jeu. Comme ils ont tous des codes de couleurs différents pour travailler, chacun va pouvoir profiter de son moment d'écoute. Quelques minutes plus tard, quand nous commençons l'exercice, je sais que tout le monde a bien écouté la consigne.

Écoute ce silence…

Ce jour-là, Hugo et ses camarades ont eu droit à une activité pédagogique de plus, celle du « bien écouter ». Nous avons pris quelques minutes après l'exercice pour discuter de leurs ressentis. Cette expérimentation m'a permis de leur faire sentir la différence entre la façon dont ils écoutent la consigne habituellement et la façon dont on l'écoute quand on se concentre.

Dans le premier cas, on reçoit un message sans forcément le fixer ; dans le second, on maîtrise la totalité des informations et on les mémorise. Se bander les yeux ou parfois juste les fermer permet d'isoler un sens et de mobiliser le réseau neuronal qui y est relié.

J'aime proposer des moments d'écoute aux enfants, car j'ai remarqué que cela développait chez eux le sens de l'humilité. Que ce soient des moments d'écoute de musique, de bruits de la nature ou d'un récit fait par un camarade, dans ces instants privilégiés, les enfants sont totalement ouverts et tournés vers les autres. Ils oublient leur ego l'espace d'un instant pour se laisser toucher par le monde qui les entoure. **L'écoute devient respect.**

Dans ces moments d'écoute, j'attache également beaucoup d'importance à leur faire identifier les silences. Cela permet aux enfants de poser un regard bienveillant sur le silence et les invite à l'apaisement.

Nous vivons dans un monde moderne où les sons sont omniprésents et où le silence a tendance à effrayer. Dans l'esprit de beaucoup, le silence est synonyme de vide, de néant, à tel point que certains ne le supportent pas.

Si l'on habitue l'enfant à écouter le monde tel qu'il est, il se rendra compte qu'il est fait d'une succession de bruits et de silences. Il intégrera le fait que **le silence est au bruit, ce que la rive est à la rivière, ce que l'eau est au poisson ; à la fois une respiration et un espace de vie.**

D'une certaine façon, savoir écouter, c'est se rendre compte que le silence (intérieur) n'est pas le vide mais une présence (à soi) qui nous permet d'éliminer le « bruit » de nos pensées. Grâce à cela, nous pouvons plus facilement nous tourner vers l'essentiel, comprendre le contenu complet de notre écoute, et saisir tout ce que l'on peut et doit en faire.

Un proverbe dit :

« Si l'on a deux oreilles et une bouche, c'est que l'on doit écouter deux fois plus que l'on doit parler. »

À méditer...

Savoir écouter

1. Savoir écouter, c'est être présent au monde qui nous entoure, à l'autre.
2. Savoir écouter est un formidable outil pour apprendre, comprendre et évoluer avec aisance dans la vie.
3. Savoir écouter développe le sens de l'humilité et du respect.
4. Le silence n'est pas le vide, mais une présence qui nous permet d'éliminer le « bruit » de nos pensées.

À tester

Parmi les jeux d'écoute que je trouve intéressants, il y a le Kim sonore : disposez toutes sortes de choses qui font du bruit sur la table (clochette, grelot, maracas, sifflet, objets tapés ou frottés...). Après avoir écouté le bruit de chaque instrument, on ferme ses yeux et on tente de reconnaître l'objet par son bruit.

Être bienveillant

« Ce qui m'intéresse, ce n'est pas le bonheur de tous les hommes, c'est celui de chacun. »

BORIS VIAN

Dès son plus jeune âge, l'enfant est enclin à aider autrui. Je le constate régulièrement. Par exemple, quand je fais tomber un crayon par terre, aussitôt un enfant réagit avec bienveillance pour me le ramasser. De même, si l'on regarde des enfants jouer ensemble, on peut remarquer de nombreux actes de bienveillance naturelle (empathie, réconfort, coopération...).

La bienveillance a pour objectif le bonheur d'autrui et les enfants sont naturellement tournés vers les autres. Ce terrain fertile est une chance pour nous, adultes, car nous pouvons plus facilement développer la bienveillance chez eux. J'utilise souvent cette qualité chez chacun d'entre eux pour générer un effet de groupe, une sorte de climat de confiance où l'on prend l'habitude de se donner mutuellement du bien-être par nos paroles et nos actes.

La bienveillance se traduit par l'altruisme qui, lui, est l'acte qui la met en application. C'est un acte libre et gratuit. Libre, parce qu'il n'est pas imposé ; et gratuit, parce qu'il est désintéressé. Il est important que l'enfant comprenne ces deux notions. Si nous, adultes, sommes là pour lui montrer la voie, nous ne devons en aucun cas la lui imposer. Si je mise sur le bien-être du groupe, c'est parce que j'ai observé que des enfants évoluant dans une culture collectiviste comprenaient plus facilement tous les bienfaits de la bienveillance.

Instaurer un climat de bienveillance dans un groupe, c'est, dans un premier temps, éviter d'abandonner les enfants aux seuls repères toxiques de notre société moderne, ceux qui prônent une culture individualiste. Ensuite, lorsqu'ils ont senti la différence entre ces deux cultures, et goûté au confort qu'offrait la première, il est plus facile de favoriser une harmonie de vie et un respect mutuel entre les enfants.

Les enfants comprennent vite les bienfaits de cette culture de l'autre. Un individu qui reçoit de la bienveillance a envie d'en donner. Rappelez-vous la dernière fois que vous avez été malade. Vous vous êtes senti fragile, et la bienveillance que vos proches vous ont témoignée vous a fait un bien fou. Elle a nourri en vous nombre de pensées bienveillantes. Et vous avez eu envie, à votre tour, de redistribuer cette bienveillance autour de vous.

Le très jeune enfant, à l'instar de l'oisillon, se sent pris au dépourvu dans un monde à découvrir. Alors, lui donner de la bienveillance à cette période de sa vie va non seulement combler un besoin essentiel, mais lui permettre également de goûter à une expérience agréable et sécurisante qu'il assimilera à la normalité et qu'il trouvera logique d'offrir à son tour aux autres.

Montrons-lui que l'on peut être bienveillant de multiples façons : par la parole, par le regard, par le geste, par l'intention...

Certains enfants nourris au « S'il te tape, tape-le ! » ne comprennent pas l'utilité de la bienveillance face à la violence. Il est nécessaire de leur expliquer qu'un enfant qui tape aujourd'hui ne tapera plus demain s'il est entouré de bienveillance, mais qu'en revanche, si on lui répond par la violence, il sera persuadé qu'il n'existe qu'un seul mode de fonctionnement, le sien, et il s'enfermera de plus en plus dans la violence.

Un enfant, même très jeune, est capable de considérer les choses en utilisant le point de vue de l'autre. Mais pour cela, il faut lui en donner l'occasion, voire l'habitude.

« *Dylan est un enfant qui présente des troubles du comportement. Il a du mal à communiquer avec les autres car son langage n'est pas abouti et, sans être hyperactif, il est très nerveux. Il est capable, par exemple, de foncer dans un groupe d'enfants en les bousculant violemment, comme ça, sans réfléchir, juste pour atteindre plus rapidement son portemanteau. De même, s'il juge qu'un enfant le gêne ou l'empêche de jouer comme il l'entend, il est capable de le taper.*
Au début de l'année, certains enfants répondaient à Dylan par la violence. Et, inévitablement, ces conflits se terminaient en bagarre.
Il m'a fallu intervenir régulièrement, parfois en amont, grâce à une surveillance accrue (et épuisante) de Dylan. J'ai également expliqué aux enfants qu'il ne fonctionnait pas comme eux. Je leur ai dit qu'il n'était pas méchant mais qu'il ne se rendait pas compte que ce qu'il faisait n'était pas bien. Nantis de ces informations, je leur ai ensuite conseillé de répondre à la violence de Dylan par de la bienveillance.
Vaste programme !
Nous nous étions mis d'accord sur un protocole : si Dylan agressait un enfant, ce dernier (et les éventuels témoins) devait juste

lui dire que ce qu'il faisait n'était pas bien, que, dans notre classe, tout le monde était gentil avec tout le monde et que lui aussi devait être gentil.

Au fil des mois, l'équation « action violente/réponse bienveillante » a permis à Dylan de comprendre le bon mode de fonctionnement, celui que tout le monde adoptait autour de lui au quotidien.

Un jour, j'ai surpris une scène qui m'a fait du bien, je dirais même plus, qui m'a ému. Ce jour-là, je me suis dit : « Nous sommes sur la bonne voie ! »

Dylan venait de taper Ahmed. J'ai vu Ahmed lever un index docte et dire à Dylan :

– C'est pas gentil de faire ça, Dylan. Tout le monde est gentil avec toi, ici.

Dylan s'est figé. Quelque chose dans son regard a changé, comme s'il était perdu dans ses pensées. Puis, après une courte réflexion, il a passé ses bras autour du cou d'Ahmed et lui a fait un câlin !

Bien sûr, jusqu'à la fin de l'année, il y eut encore quelques gestes non maîtrisés de la part de Dylan, mais ils s'étaient fortement espacés. Mes élèves avaient compris que Dylan voyait régulièrement un « docteur » car il était absent un matin par semaine (il suivait une psychothérapie) et qu'il n'était pas encore « guéri ». Ils avaient intégré le fait qu'il pouvait encore par moments avoir des pulsions, et que personne ne pouvait les empêcher pour l'instant.

Cependant, si l'on faisait un bilan objectif du climat de bienveillance dans la classe en fin d'année, on s'apercevait vite que les résultats positifs étaient de loin supérieurs aux aspects négatifs :

- *Dylan avait compris que son fonctionnement n'était pas le bon et que la norme à atteindre était la bienveillance.*
- *Les élèves avaient compris que Dylan n'était pas méchant, mais que sa main tapait contre son gré. « C'est comme quand on tombe dans la cour. Un caillou nous fait tomber, mais il n'est pas méchant », avait un jour commenté Victor.*
- *Nous avions stoppé les bagarres stériles où chacun répondait à l'autre jusqu'à ce que j'intervienne.*
- *Les élèves commençaient à enrichir leur connaissance du monde : l'adversité devait toujours se combattre avec de belles valeurs, et la bienveillance en faisait partie.*
- *Les élèves se sentaient valorisés car ils avaient le sentiment de servir de modèles.*

Un regard plus large

Il est important de faire comprendre aux enfants que personne n'est méchant volontairement. Celui qui est coupable de mauvais actes, ou de vilaines paroles, est quelqu'un qui est en souffrance. **Il est possible de l'aider à devenir bon grâce à la bienveillance, mais chercher à vaincre sa violence par la violence est voué à l'échec.**

Pratiquer la bienveillance et l'expérimenter, c'est aider nos enfants à développer des schémas de réflexion positifs. Ils se forgent ainsi un regard plus large face aux situations qu'ils peuvent rencontrer et aux multiples façons d'y faire face avec bienveillance.

Toutefois, il faut également inculquer à l'enfant la maîtrise de la bienveillance. En effet, à être trop gentil, on s'expose parfois au risque d'être exploité par les autres. Être gentil ne veut pas dire tout céder aux autres. L'enfant doit comprendre que c'est lui et lui seul qui décide quand, à qui et comment il donne sa bienveillance. Personne n'a le droit de la lui imposer ou de la lui soutirer. S'il se sent obligé de la donner, ce n'est plus un acte libre, mais de la manipulation. Il est donc important de lui apprendre à détecter ce genre de situation et à savoir dire non s'il ne se sent plus maître de ses choix.

Du côté du manipulateur, l'écueil existe également. En effet, il arrive que certains enfants soient gentils avec d'autres uniquement dans le but que ces derniers soient gentils en retour. Mais ce type de stratégie n'est pas toujours très efficace. Ils le comprennent parfois à leurs dépens. Cela leur enseigne également qu'en poursuivant un but intéressé, ils s'éloignent de la bienveillance et de leur bien-être.

Lorsque nous éduquons nos enfants dans la bienveillance, nous leur offrons trois façons de sourire à la vie. La première, en étant **fiers d'apporter du bonheur** autour d'eux. La deuxième en étant **heureux à chaque bonheur donné.** Et la troisième, en étant **enthousiaste à l'idée de rendre le monde meilleur.**

Être bienveillant

1. L'altruisme est l'acte qui met en application la bienveillance. C'est un acte libre et gratuit.
2. On peut être bienveillant de multiples façons : par la parole, par le regard, le geste, l'intention…
3. Utiliser la bienveillance pour combattre l'adversité donne de la valeur à l'acte et à l'acteur.
4. Il faut savoir dire non aux manipulateurs qui veulent abuser de votre bienveillance.

À tester

Asseyez-vous sur un banc avec votre enfant, observez les gens qui ont besoin d'aide et venez à leur secours. Ici, une personne âgée peinant à porter ses courses ; là un touriste, sa carte à la main, qui semble perdu ; un peu plus loin, un mendiant qui tend la main… Prenez quelques minutes pour sensibiliser votre enfant à la bienveillance avec quelques actions concrètes et faites-lui sentir à quel point on se sent léger et heureux après de simples gestes altruistes.

Faire confiance

« Le pessimisme est d'humeur ; l'optimisme est de volonté. »

ALAIN

La confiance est un bien fragile. Il suffit qu'on l'ait donnée à quelqu'un pendant notre enfance et que l'on ait été trahi pour qu'on ne veuille plus jamais la donner à nouveau. Cela fait partie des expériences où l'enfant doit être accompagné, rassuré, où la parole de l'adulte compte pour expliquer pourquoi **la confiance est une valeur importante et qu'il est nécessaire de la cultiver.**

Il faut faire comprendre aux enfants que la confiance est constructive alors que la méfiance est destructive. La confiance crée un chaînage vertueux. Celui à qui l'on donne sa confiance sera plus facilement enclin à faire de même. Il arrive parfois, sur un plan personnel, qu'un enfant ait été déçu, mais il est important qu'il sache que faire confiance n'est jamais un geste vain. Que ce geste est une graine qui, tôt ou tard, lui apportera quelque chose de positif.

De notre côté, nous, adultes, il est important que nous prenions conscience que l'enfant nous regarde comme un modèle. Si nous lui montrons que nous sommes fiables et droits dans la confiance que l'on donne ou que l'on représente, l'enfant comprendra que c'est une valeur sur laquelle il peut s'appuyer.

L'éducation à l'optimisme

En éduquant nos enfants à faire confiance aux autres, nous les habituons à faire confiance à la vie et à se forger un tempérament optimiste. En effet, on retrouve une éducation à l'optimisme dans l'acte de faire confiance.

Décider de faire confiance vient souvent des intuitions nourries par la façon dont on voit le monde.

L'enfant comprend assez vite qu'en plaçant de la confiance en lui-même, dans les autres et dans la vie, il ne pourra qu'aller vers le haut. Certes, sa courbe de réussite pourrait fléchir par moments car il sera plus exposé à des trahisons, mais sa vision positive du monde fera que sa courbe finira toujours par remonter pour poursuivre sa progression et sera, quoi qu'il arrive, globalement ascendante.

Inversement, celui qui s'enferme dans des pensées pessimistes, l'incitant à ne pas faire confiance, vivra sa vie sur des hésitations successives, des renoncements, et sa courbe stagnera ou pire, s'infléchira.

Forger la vision des enfants sur les modalités de la confiance est également un sujet important. En effet, la confiance ne se donne pas de façon aveugle. Et cette notion n'est pas toujours facile à inculquer à un enfant.

D'un côté, je dois donner ma confiance tandis que de l'autre, je dois évaluer la fiabilité de mon interlocuteur. Si l'on devait trouver un juste équilibre, on pourrait établir l'équation suivante :
Accorder le maximum de confiance possible en évaluant *uniquement* la fiabilité de mon interlocuteur.

Que signifie ici le terme « uniquement » ?
Cela veut dire qu'au moment où nous évaluons notre interlocuteur, notre jugement pourrait être perturbé par nos émotions. Il s'agit donc de ne pas se laisser embarquer par celles-ci, car nous risquons alors de ne plus juger la seule fiabilité de notre interlocuteur, mais toutes sortes de paramètres non objectifs : « Je n'aime pas sa tête. » « Je n'ai jamais eu de chance avec les gens aux mains moites » « Cette situation me rappelle un événement tragique. » Etc.

Si l'on entraîne l'enfant à sentir cet équilibre (ma confiance contre sa fiabilité), il apprendra petit à petit à se construire un espace de réflexion sur lequel il pourra s'appuyer et qui s'affinera par l'usage.

Dans la salle de motricité, j'ai installé un parcours d'obstacles.
– Fastoche ! s'exclament quelques enfants en le découvrant.
Je les invite à s'asseoir autour de moi.
– Oui, les enfants, vous avez raison. Par rapport à ce que vous êtes capables de faire, ce parcours est facile. Mais aujourd'hui, nous allons le faire les yeux bandés.
Un silence circonspect a brusquement remplacé les « fastoches ! ». Cette fois, chacun reprend l'observation du parcours avec un regard différent.
Je sors mes masques de nuit (cf. « Savoir écouter ») et je demande deux volontaires. Juliette et Morgane lèvent la main.
J'explique la règle du jeu :
– Je vais poser le masque sur les yeux de Juliette et toi, Morgane, tu vas devoir la guider tout au long du parcours.

Mais attention, toi, Juliette, tu ne dois pas tricher ni soulever ton masque. Toi, Morgane, tu vas lui donner la main et la guider en lui expliquant ce qu'elle doit faire. Par exemple : « Lève la jambe pour passer par-dessus la barre. » ou « Baisse-toi pour passer dans le cerceau. »

Quelques secondes plus tard, Juliette et Morgane se lancent. Les autres regardent la scène avec intérêt. Ils savent qu'après ce sera leur tour.

J'observe Juliette. Son visage est crispé. Elle atteint le premier obstacle, un simple tapis en mousse à traverser. Ses pieds s'enfoncent, elle tangue un peu mais elle sent la main ferme de sa copine.

Deuxième obstacle : une barre horizontale à vingt centimètres du sol. Le tibia de Juliette vient toucher la barre. Elle se baisse, la tâte de la main pour se rassurer.

– Passe par-dessus, indique Morgane.

Juliette lève la jambe droite, la pose de l'autre côté, puis fait pareil avec la gauche.

Leurs camarades applaudissent. Tout le monde suit les opérations avec enthousiasme.

Troisième et dernier obstacle : un grand cerceau fixé verticalement. Juliette le touche de sa main libre. Très vite, elle lâche Morgane pour tâter le pourtour du cerceau de ses deux mains. Je trouve que c'est une bonne initiative. Elle vient de faire glisser la confiance donnée préalablement à sa camarade vers la confiance qu'elle s'autorise à elle-même alors qu'elle est dans le noir. Cela signifie que sa confiance s'appuie sur le contexte et non pas sur ses émotions ; sur ce qu'elle vit réellement au moment présent et non pas sur des projections sans fondement. Elle franchit ce dernier obstacle, reprend la main de Morgane et finit le parcours. Son visage est maintenant décrispé. Au moment d'enlever son masque, il est même radieux. Elle est

heureuse d'avoir réussi l'épreuve. Ses camarades l'applaudissent.
Cet exercice lui a également appris deux choses fondamentales : elle peut faire confiance à autrui et cela peut l'aider à avancer.

Confiance et trahison

Lorsque l'on a la responsabilité de groupes d'enfants, il est important de créer un climat de confiance mutuelle car il renforcera la faculté de chacun à faire confiance à autrui. « Je partage le jouet avec toi car je sais que tu le partageras avec moi. »

En outre, il est beaucoup plus facile d'inculquer la notion de confiance à un enfant qui se trouve au sein d'un groupe qu'à un enfant seul. En effet, la vie de groupe favorise plusieurs facteurs déterminants dans l'instauration de cet esprit de confiance :

- premièrement, les enfants apprennent à se connaître et communiquent ;
- deuxièmement, cette communication distingue ceux qui font confiance des autres ;
- troisièmement, les « méfiants » s'apercevant qu'ils n'ont rien à craindre, basculent très vite dans le camp des confiants ;
- quatrièmement, les échanges et les actes de confiance répétés renforcent la certitude que **la confiance est un mode de fonctionnement efficace, qui apporte du bien-être et qui permet d'avancer.**

Cependant, il arrive qu'un enfant donne sa confiance et qu'elle soit trahie. La blessure émotionnelle peut être ressentie alors de façon personnelle et profonde. L'ego, nourri par ces émotions, positionnera l'enfant au centre du problème, face à un monde qui lui veut du mal. Cet enfant risque de généraliser, de se dire que tous les êtres humains sont mauvais et qu'il ne doit plus faire confiance à qui que ce soit.

Il est nécessaire, dans ce cas, de désamorcer ses ruminations en le repositionnant dans la véritable situation. De lui faire comprendre qu'il n'est pas seul face au monde, mais qu'il est tout simplement face à un autre. Puis, nous allons l'aider à analyser les faits, et plus particulièrement les torts de chaque partie.

En procédant ainsi, l'enfant s'apercevra qu'il n'a rien à se reprocher : il a agi comme il a l'habitude de le faire et il s'est montré tel que tout le monde le connaît. En revanche, en portant la discussion sur celui qui l'a trahi et sur son acte de trahison, l'enfant va finalement comprendre que le problème, c'est l'autre, pas lui. En agissant ainsi, celui qui l'a trahi ne nuit qu'à lui-même. Même s'il a remporté une partie, il construit sa vie sur le mensonge et la trahison, et il perdra au final plus qu'il n'aura gagné.

Toute cette réflexion doit amener l'enfant à saisir une notion importante, qui peut lui paraître abstraite de prime abord, mais sur laquelle de grands hommes ont bâti leur réussite : toute trahison subie doit être considérée comme un outil qui permet d'ajuster son curseur de confiance pour avancer plus sereinement dans la vie et la construire avec succès.

L'enfant ne doit pas être paralysé par la peur de la trahison, mais au contraire habité par l'idée d'un défi à relever. Il faut l'aider à comprendre que, dans la vie, le risque zéro n'existe pas. Et que c'est bien ainsi, car il n'y a pas de succès sans risque.

Faire confiance, c'est garder à l'esprit que **la trahison ne salit que celui qui l'utilise et qu'elle sert de tremplin dans la vie de celui qui la subit.**

Faire confiance

1. Apprendre à faire confiance aux autres, c'est se forger un tempérament optimiste et c'est nourrir sa courbe de réussite.
2. La confiance ne se donne pas de façon aveugle. Il faut accorder le maximum de confiance possible en évaluant uniquement la fiabilité de l'autre (sans se laisser perturber par ses émotions).
3. Toute trahison doit être considérée comme un outil qui permet d'ajuster son curseur de confiance pour avancer plus sereinement dans la vie et la construire avec succès.

À tester

Tenez votre parole. Tous les jours, tout le temps. Si vous avez dit à votre enfant que vous seriez là pour son spectacle de fin d'année, ne lui faites pas faux bond. Pensez que vous êtes le référent principal sur l'échelle de confiance qu'il va se créer. S'il ne peut pas faire confiance à ses parents, il lui sera ensuite très difficile de faire confiance aux autres.

Ne pas juger

« Le soleil donne de l'or intelligent.
Le soleil donne la même couleur aux gens,
la même couleur aux gens, gentiment. »
LAURENT VOULZY

La mauvaise habitude de juger est profondément ancrée en nous. Même lorsque nous sommes seuls, nous ne pouvons pas nous empêcher de juger : « Quel temps pourri, aujourd'hui ! » « Et l'eau chaude qui met un temps fou à arriver dans cette douche ! » « Où sont mes clés ? Qui a encore touché à mes clés ? »

Le jugement naît dans notre petit monde intérieur dont l'un des phares est l'ego. Et ce phare-là, on aimerait parfois qu'il nous attire moins. Parce qu'il nous fait tourner en rond avec nos (fausses) certitudes et nous garde parfois prisonniers de nos jugements.

Chez l'enfant, ce petit monde intérieur est déjà bien rempli. Il y a accumulé toutes sortes de concepts déduits de ses expériences, une multitude d'images issues de ce qu'il pense être des modèles. On y trouve également un bestiaire nourri de ses peurs et des tonnes de références basées pour la plupart sur des sensations plutôt que sur des réflexions abouties. Bref, cela constitue un catalogue qui, même s'il est encore peu structuré, est déjà bien fourni et dans lequel il pioche pour établir des comparaisons avec le monde extérieur.

Si on le laisse évoluer uniquement avec ses propres références, son ego risque de diriger les opérations en lui proposant d'interpréter le monde en y calquant ses propres ressentis. Autrement dit, l'enfant risque d'attribuer aux autres des sentiments qui sont, en fait, les siens. Les intentions des autres ? Les siennes aussi, mais il les projettera sur eux sans s'en apercevoir et s'enfermera dans un monde inventé par lui qui ne correspond pas à la réalité.

Objectivité et neutralité

Les parents, et les adultes en général, doivent donc apporter à l'enfant des références s'appuyant sur des valeurs qui le feront évoluer dans le bon sens. L'enfant observe, écoute, assimile, et **ce que lui montrent ses parents dans la vie de tous les jours joue un rôle essentiel dans son jugement.**

S'il a des parents méfiants, par exemple, il se méfiera plus facilement des autres, et cela induira son jugement. L'enseignant sert également de modèle et sa responsabilité est grande au moment de réagir face à une situation.

Le rôle des adultes est de guider l'enfant vers l'objectivité quand ils le sentent tiraillé par ses émotions ; vers la neutralité quand il semble perdre sa liberté de pensée. Objectivité et neutralité, ce sont également les qualités dont nous devons faire preuve pour accompagner l'enfant dans ses réflexions.

Ce type d'accompagnement se fait parfois par tâtonnements, car il n'est pas toujours facile de faire sentir à l'enfant ce qui peut se cacher derrière son jugement. Peut-être la peur... ou la force de l'habitude... ou encore une influence extérieure...

« Emma est une petite fille adorable, gentille avec tout le monde, presque réservée. Aujourd'hui, elle s'est isolée dans un coin. Elle ne veut pas s'asseoir avec le groupe que j'ai réuni autour d'une table. Il reste pourtant une place pour elle...
Je traverse la classe et je m'accroupis près d'elle pour lui dire :
– Tu viens ? On t'attend...
Elle fait non de la tête.
– Pourquoi ?
– Je veux pas m'asseoir à côté de Madou.
Madou est un enfant noir, tout aussi adorable et bienveillant qu'Emma. Je cherche à comprendre :
– Pourquoi tu ne veux pas t'asseoir près de Madou ?
– Parce que je n'aime pas les noirs.
Les bras m'en tombent. Ce genre de réflexion dans la bouche d'une enfant de trois ans est incroyable. De plus, cette réponse est très violente pour Madou. Heureusement, là où il se trouve et grâce au fond sonore de la classe, il ne peut pas l'entendre.
Je cherche à percer ce mystère :
– Pourquoi tu n'aimes pas les noirs ?
– Parce que Papa et Maman n'aiment pas les noirs.
Je commence à comprendre. Je rassemble mes idées, puis je me lance :
– Tu sais, les papas et les mamans sont comme tout le monde, parfois ils se trompent. Ce n'est pas parce que Madou a la peau noire qu'il ne faut pas l'aimer. Regarde, Juline n'a pas les cheveux de la même couleur que les autres (elle est rousse) et ce n'est pas pour ça qu'on ne l'aime pas. Gaël et moi, nous sommes les seuls de la classe à porter des lunettes, et ce n'est pas pour ça qu'on ne nous aime pas. Moi,

•••

je serais malheureux si quelqu'un me disait : « Christophe, je ne veux pas m'asseoir près de toi. Je ne t'aime pas parce que tu portes des lunettes. » Tu sais, Madou, qu'il soit noir ou blanc, ou roux, qu'il porte des lunettes, ou qu'il n'en porte pas, c'est Madou. C'est un garçon gentil qui joue avec tout le monde et qui n'embête jamais personne. Alors, pourquoi lui faire de la peine ?

Emma plonge ses yeux dans les miens. Elle réfléchit.

Je la laisse développer tranquillement ses réflexions, puis je poursuis :

– C'est important d'être gentil avec tout le monde. Tu le sais, nous en parlons souvent en classe.

Emma hoche la tête en me souriant. Finalement, elle se lève et nous retournons nous installer avec les autres pour travailler.

Le fait d'être confrontée à deux influences extérieures contradictoires a permis à Emma de se concentrer sur le plus important : son intention. Elle a senti alors que son jugement n'était pas en accord avec son intention. Car son intention n'était pas de faire de la peine à son copain Madou.

Jugement et intention

Il est important d'inculquer aux enfants d'être attentifs aux émotions qui déclenchent leurs jugements. Par exemple, si en début d'année, un enfant de la classe a un comportement instable, voire agressif, il peut impressionner certains de ses camarades. L'un d'eux peut, de ce fait, rester bloqué sur cette première impression. Il le jugera « méchant » et son jugement risque de se cristalliser sur la durée.

Pour désamorcer cette dictature des émotions, il est nécessaire d'enseigner aux enfants que tout ce que nous observons sur les autres est tout d'abord factuel. Dans le cas présent, on ne dit pas « cet enfant est méchant », mais on constate que « cet enfant tape ».

Il faut que les enfants comprennent que la situation est celle que l'on observe aujourd'hui, mais qu'elle ne sera pas forcément celle de demain. Aujourd'hui, cet enfant tape, mais demain, peut-être ne tapera-t-il plus.
Et peut-être même grâce à notre action !
En effet, notre regard bienveillant à son égard et notre non-jugement peuvent le guider vers l'apaisement.

À l'inverse, juger l'autre, le cataloguer, est une fenêtre ouverte sur la violence. Il est important d'enseigner aux enfants qu'ils doivent éviter d'interpréter le comportement d'autrui, même s'ils sont persuadés d'être dans le vrai. Expliquons-leur que **notre vérité n'est pas fiable si nous la construisons sur des suppositions.** En agissant ainsi, nous catégorisons l'autre dans un rôle d'adversaire, voire d'ennemi. Cela est dangereux car nous pouvons alors développer à tort de la violence, verbale ou physique, à son encontre.

Apprenons à nos enfants à ne pas avoir peur de l'autre, même s'il est différent. Apprenons-leur à aller vers lui, à dialoguer avec lui et à mieux le connaître avant de se faire une opinion. Agir ainsi apporte de belles leçons de vie. Elles nous ouvrent les yeux sur nos jugements que l'on croit fiables au point que l'on est parfois prêt à se battre pour eux...

Non-jugement et bien-être

Il est important qu'un enfant sente que non-jugement et bienveillance sont étroitement liés. Dans cet ouvrage, je parle souvent de cercles vertueux. Ils peuvent parfois passer inaperçus dans notre société où le « prêt-à-penser » ne nous parle que de résultat. Toutefois, si l'on prend le temps de réfléchir, on s'aperçoit que ces cercles vertueux sont nombreux dans les mécanismes de la relation à soi-même et aux autres. Là encore, non-jugement et bienveillance s'accordent au sein d'une belle synergie :

- le fait qu'un enfant ne juge pas autrui impliquera qu'il acceptera mieux les autres ;
- mieux il acceptera les autres, et plus il développera en lui un sentiment d'ouverture et de bien-être ;
- et plus il vivra dans ce sentiment de bien-être, plus il sera bienveillant, tolérant, et moins il jugera les autres.

L'enfant à qui l'on a enseigné l'ouverture d'esprit arrive plus facilement à trouver un équilibre intérieur et à comprendre le fonctionnement de son ego. En effet, réviser son jugement sur autrui permet à long terme d'apprendre à réviser son jugement sur soi-même. Ainsi, si l'on habitue l'enfant à utiliser son intelligence sociale pour observer, analyser et comprendre autrui, et non plus pour juger, nous lui permettons d'être plus à l'aise dans les situations que la vie lui propose, de s'adapter plus facilement, d'être mieux accepté et parfois même admiré.

Ne pas juger

1. Nous passons notre temps à juger autrui, mais en sommes-nous vraiment conscients ?
2. Quand nous jugeons, ce sont nos émotions, notre vécu, nos influences qui nous guident et nous prenons nos interprétations pour vérité.
3. Ne pas avoir peur de l'autre, aller vers lui, dialoguer avec lui et apprendre à le connaître évite de se perdre dans le jugement.
4. Non-jugement et bienveillance forment un cercle vertueux qui apporte ouverture, bien-être et équilibre intérieur.

À tester

La parabole du caillou : avec votre enfant, vous avez trouvé le plus beau des cailloux et depuis, il le garde précieusement. Expliquez-lui que chacun d'entre nous a un cœur aussi joli que son caillou. Mais qu'à certains moments de la vie, ce caillou peut se recouvrir de boue et en cacher sa beauté. Alors, plutôt que *d'entrer en guerre* avec un copain, il est préférable de l'aider à retirer la boue qui cache la beauté originelle de son cœur.

Oublier envie et jalousie

« Il faudrait convaincre les hommes du bonheur qu'ils ignorent, lors même qu'ils en jouissent. »

MONTESQUIEU

Quand l'enfant arrive en maternelle, il est rarement habitué à vivre au sein d'une collectivité si nombreuse. Même s'il a connu la crèche avant d'être scolarisé, il passe d'un groupe réduit à une masse de 25 à 30 enfants. Il est facile d'imaginer le choc pour un enfant unique qui quitte le cocon familial pour « le grand bain » de la maternelle.

À cet âge-là, l'enfant passe du sentiment qu'il est le centre des attentions à la sensation de n'être plus qu'un individu devant trouver sa place. Et il découvre rapidement qu'il lui faudra également partager son espace.

Une multitude d'émotions l'envahissent et parmi elles l'envie et la jalousie.
Mais que sont l'envie et la jalousie ?
L'envie et la jalousie croissent dans le jardin de la comparaison et de la compétition. Vous désirez en savoir plus ?
Je vous invite à lire cette tranche de vie.

« Ce matin, pendant que mon ATSEM continue d'accueillir les enfants, je me suis assis sur un banc pour consoler Kevin car la séparation du matin a été difficile. Collé à moi à la recherche de réconfort, il se love au creux de mon bras. L'accueil se termine, les parents sont presque tous partis. Les enfants ont depuis un moment investi les coins jeux.

Kevin a séché ses larmes, son chagrin a fini par s'envoler, mais il reste contre moi, visiblement heureux d'être là. Son visage est maintenant paisible. Il m'adresse un sourire que je lui renvoie en frottant affectueusement son bras de ma main.

Titouan arrive près de moi. Il nous observe un instant, Kevin et moi, puis il pousse son camarade pour prendre sa place. Mais Kevin ne se laisse pas faire et repousse Titouan.

J'interviens. Je place Titouan devant moi et je lui demande :

– Tu as envie de faire un câlin, toi aussi ?

– Oui.

– Et crois-tu que c'est en poussant Kevin que tu pourras avoir un câlin ?

Il baisse le nez. J'insiste :

– Qu'en penses-tu ?

– Non, finit-il par répondre.

Je l'invite à venir s'installer au creux de mon autre bras.

Les deux garçons restent un instant immobiles contre moi. Au bout d'un moment, je vois Titouan qui lance des regards vers Kevin. À plusieurs reprises, comme s'il l'observait à la dérobée. Mais Kevin ne s'en rend pas compte. Puis Titouan se lève et vient devant moi. Il joue avec la fermeture de mon gilet. Il continue de jeter des coups d'œil furtifs à Kevin. Son petit manège m'amuse. Je le laisse poursuivre…

•••

Quelques instants plus tard, il me regarde et me dit :
– Christophe, je t'aime.
Kevin, se redresse et jette un œil vers moi. Que va répondre le maître ?
Je regarde mes deux élèves, leur adresse un sourire bienveillant, puis je réponds :
– Moi aussi, les enfants, je vous aime tous très forts.

Envie ou jalousie ?

Quand Titouan pousse Kevin pour prendre sa place, est-ce de l'envie ou de la jalousie ? **De l'envie : Titouan veut quelque chose qu'il n'a pas mais qu'il aimerait avoir.** Et quand Titouan manœuvre pour être plus proche de moi que Kevin ? **De la jalousie : il a obtenu quelque chose mais il a peur de le perdre.** On ne sait jamais, des fois que mon affection bascule vers Kevin !...

En décryptant cette scène, nous repérons immédiatement l'interaction de la comparaison et de la compétition. L'estime de soi de Titouan semble fragile. C'est un enfant qui a besoin d'être rassuré sur l'attention, l'affection, voire l'amour qu'on lui porte. Pour l'instant, il cherche sa place aux yeux des autres. Mais pour nous, adultes, le plus important est de l'aider à trouver sa place tout court.

« Des cris résonnent dans la classe. J'aperçois Mila et Léna qui tiennent la cafetière en plastique chacune par un bout. Laquelle l'avait dans les mains en premier ? Je n'en sais rien. Je leur pose la question, mais chacune me répond « moi ! » avec beaucoup d'aplomb.
Je prends doucement la cafetière dans ma main.
Que vais-je en faire ? La confisquer jusqu'à ce que l'une d'elles se dénonce ? Non, elles iront jouer avec autre chose en perdant l'occasion de réfléchir à la solution de leur problème.
Je m'accroupis donc près d'elles pour les aider à trouver cette solution.
Je demande à Mila :
– Que voulais-tu faire avec cette cafetière ?
– Je voulais faire du café.
– C'est une bonne idée, ça.
Je me tourne vers Léna.
– Toi aussi, tu voulais faire du café ?
– Non, moi je voulais servir le café dans les tasses.
– Ça aussi, c'est une bonne idée.
Je m'assois à la table à côté de trois autres enfants qui ont déjà des tasses et j'ajoute :
– C'est beaucoup plus rigolo quand on partage les jouets et que l'on joue ensemble, vous ne trouvez pas ?
Je tends la cafetière à Mila.
– Tiens, toi, tu vas préparer le café. Et quand il sera prêt, Léna va le servir. Je suis impatient de goûter votre bon café !

Comparaison et compétition

Arrêtons toutes compétitions stériles et faisons l'éloge de l'action collaborative. Elles ont envie de jouer avec la cafetière ? OK. Alors posons-nous les vraies questions.

- Comment les aider à profiter toutes les deux de ce qui déclenche leur envie ? Comment leur donner de bonnes habitudes de vie ?
- Et si nous les aidions à remplacer les pulsions désordonnées de leurs émotions par la réflexion ?
- Si nous leur prouvions par l'exemple que raisonner « nous » avant de penser « je » permet de résoudre de nombreux problèmes ?
- Si nous leur montrions qu'**en remplaçant l'envie et la jalousie par l'ouverture et le partage, cela permet de vivre en harmonie avec les autres et d'être en accord avec soi-même ?**

Il est important de faire prendre conscience à nos enfants qu'envie et jalousie sont des sentiments qui ressemblent à des armes. Mais des armes qui, finalement, sont plus dangereuses pour celui qui les manie que pour celui qui en est la victime. En effet, l'enfant qui est dans l'envie ou la jalousie se fait souffrir inutilement.

Quand, par exemple, je distribue des parts de gâteau à mes élèves lors d'un anniversaire, l'envie et la jalousie peuvent empêcher certains enfants de profiter du moment présent.

« Il a une plus grosse part que moi ! » entend-on parfois (envie).

En général, je réponds : « Ce n'est pas grave, mange d'abord cette part et je t'en redonnerai un bout après si tu as encore faim. »

Mais cela ne règle pas toujours le problème en profondeur, car la jalousie peut prendre le relais et continuer à atteindre l'enfant : « S'il lui donne une plus grosse part qu'à moi, c'est qu'il l'aime davantage. »

Notre rôle d'adulte est de rassurer cet enfant. Il est jeune, il n'a pas forcément encore compris ce qu'est véritablement un lien affectif. Il cherche les bons codes, mais il doute de lui. Son vécu et ses émotions peuvent l'empêcher de raisonner correctement et il risque de tourner ainsi en boucle sur sa jalousie sans que personne s'en aperçoive.

Les bienfaits de l'admiration

Parmi les aides que l'on peut proposer aux enfants pour combattre les sentiments toxiques que sont l'envie et la jalousie se trouve l'admiration. **Admirer, c'est s'ouvrir aux autres et mettre en sourdine les sollicitations de son ego.**

Dans un premier temps, et pour amener la chose progressivement, on peut proposer aux enfants, par exemple, d'admirer la nature. Cette admiration-là se fait facilement car notre ego n'entre pas en concurrence avec la nature. Admirer un coucher de soleil, un papillon qui volette autour d'une fleur ou la cascade aux eaux sauvages et chantantes permet à l'enfant de s'ouvrir au monde sans retenue.

Dans un second temps, nous allons les amener à admirer une peinture, une musique, un livre... Cette fois, ils vont, à travers l'œuvre, admirer le travail d'un autre. Nous allons mettre un nom, un visage, une identité sur cet artiste et, pourquoi pas, essayer d'imiter son œuvre.

Toutes ces expériences permettent d'habituer progressivement l'enfant à répéter des gestes d'ouverture enthousiastes plutôt qu'à rester centrer sur lui-même.

Chaque fois que l'occasion se présente, je prends un moment pour admirer ouvertement le travail ou l'action d'un de mes élèves et j'en profite pour inciter tout le monde à l'admirer également. Les enfants adorent ces moments de communion qui apportent à la fois du bonheur à celui que l'on admire et qui rassemblent les autres dans un élan de joie communicative. Souvent, cela se termine par des applaudissements. L'envie ou la jalousie sont alors bien loin.

L'admiration vient de gagner la partie en offrant aux enfants **trois compétences essentielles :**

- **la première est d'améliorer leur capacité d'ouverture ;**
- **la deuxième est de développer leur humilité ;**
- **la troisième est la motivation à s'investir pour s'élever.**

L'objectif global que l'on doit poursuivre avec les enfants est que, petit à petit, ils croient en eux, en leurs capacités. Mais pas que. L'admiration va également faire d'eux de meilleurs êtres humains.

L'admiration nous rapproche les uns des autres en créant du bonheur. La bienveillance finit toujours par nourrir la bienveillance. **Comme la brume s'évapore devant le soleil, l'envie et la jalousie s'effacent devant l'admiration,** et l'enfant saisit peu à peu que nous sommes tous reliés dans une interdépendance où le bon équilibre ne dépend que de nous.

Oublier envie et jalousie

1. L'envie, c'est vouloir quelque chose que l'on n'a pas et que l'on aimerait avoir. La jalousie, c'est posséder quelque chose et ne pas supporter l'idée de le perdre.
2. Envie et jalousie sont en rapport avec une estime de soi fragile.
3. Remplacer l'envie et la jalousie par l'ouverture et le partage permet de vivre en harmonie avec les autres et d'être en accord avec soi-même.
4. L'envie et la jalousie s'effacent devant l'admiration car celle-ci ouvre sur le monde, rend humble et permet de s'élever.

À tester

Vous êtes un modèle, ne l'oubliez pas. Montrez régulièrement de l'admiration sincère vis-à-vis des autres et, en vous imitant, votre enfant se libérera de l'envie et de la jalousie. Montrez-lui ainsi qu'il est simple de vivre en harmonie avec les autres et d'être en paix avec soi-même.

3

Troisième clé

Avoir confiance en soi

Développer un esprit positif
Accepter ses défauts
S'affirmer
Savoir se comparer
Savoir oser

Développer un esprit positif

« Il ne faut pas de tout pour faire un monde.
Il faut du bonheur, et rien d'autre. »
PAUL ÉLUARD

Comme nous l'avons vu dans l'introduction, si l'on entraîne notre esprit à fonctionner de façon positive, notre cerveau va adapter ses réseaux et sa structure pour pouvoir faire fructifier cette positivité. Le cercle vertueux, vous vous rappelez ?

Le problème est que, d'une part, nous sommes quotidiennement bombardés d'informations négatives et, d'autre part, notre cerveau est prédisposé à voir le négatif avant le positif. Cruel héritage de nos lointains ancêtres qui devaient d'abord envisager le pire s'ils voulaient survivre. Et des preuves quotidiennes viennent étayer ce fait : à la fin de notre journée, nous faisons tourner en boucle le seul moment qui s'est mal passé au lieu de voir tout ce qui a bien fonctionné ; un seul événement négatif vécu et voilà que nous sommes moins patient avec nos proches et parfois même aveugle à leur amour ; nous apprenons plus facilement d'une expérience si elle est négative que si elle est positive...

Quelle injustice ! Si l'on prend le temps de noter tous les moments positifs et négatifs de la journée sur un bout de papier, on constatera neuf fois sur dix que les moments positifs sont plus nombreux. Alors, ne laissons pas le cerveau de nos enfants s'accrocher au négatif, aidons-les à s'en libérer en les guidant vers la priorisation de raisonnements positifs. Pour cela, différentes techniques s'offrent à nous. La technique du pas-à-pas, par exemple, évite à l'enfant de baisser les bras devant une tâche qu'il imagine insurmontable avant même de s'être lancé. On l'utilise en fractionnant les difficultés et en permettant à l'enfant d'aborder chaque étape avec une attitude positive.

“ Liam a des difficultés dans son geste graphique qui reste encore saccadé. Il est face à un coloriage et avant même de commencer, il se dit qu'il n'arrivera pas à remplir les différentes zones sans déborder. Ce matin, plus que d'habitude, il est anxieux. Il se sent en difficulté car il se rend compte que les camarades de son groupe, eux, se débrouillent plutôt bien.
Je m'assois près de lui. Je l'invite à choisir une zone, pas trop grande et dont la forme est facile à colorier. Il a choisi la cheminée de la maison. C'est un petit rectangle, surface idéale pour la main de Liam qui, pour l'instant, ne colorie que par lignes droites. Je lui montre comment aligner son coloriage au bord de la ligne, puis, faisant pivoter la feuille, comment remplir facilement la deuxième longueur. Nous finissons par colorier les deux largeurs.
Je lui adresse un grand sourire et je le félicite :
– Bravo, Liam ! Tu as colorié l'intérieur des contours de la cheminée sans déborder. Es-tu content de ce travail ?
Cette question est importante car, après avoir insufflé du positif en le félicitant, je l'incite à prendre conscience de la valeur de

son travail en verbalisant à son tour pour lui-même des termes positifs.
– Oui, me répond-il.
– Et maintenant penses-tu être capable de colorier l'intérieur de la cheminée ?
Liam se sent en sécurité car il se rend compte que l'on s'est éloigné des bords, de ces frontières si délicates et impressionnantes pour lui.
– Oui, dit-il.
Je reste près de lui pendant qu'il termine sa cheminée. Une fois terminée, je le félicite de nouveau. Je l'incite à choisir une nouvelle zone et à reproduire la technique que je lui ai montrée. Je lui explique que si son coloriage n'est pas fini aujourd'hui, ce n'est pas grave.
En fait, le plus important pour lui est qu'il remplace un raisonnement négatif (« Je n'y arriverai pas » ; « Je ne suis pas capable ») par un cheminement positif (« Quand j'essaie, je réussis » ; « Je suis capable » ; « J'ai envie d'aller plus loin »).

Le verre à moitié plein

De même, la technique du verre à moitié plein est intéressante. Bien sûr, elle est à utiliser à bon escient. Pour les petits tracas de la vie quotidienne, par exemple, pour ces petites choses négatives que l'enfant a tendance à accumuler dans sa tête. Car si nous les laissons emplir son esprit, elles ont tendance à le rendre anxieux et triste.

Il est donc indispensable d'ajouter dans la balance les petits bonheurs du quotidien qui passent souvent inaperçus. Ces moments qui nous semblent si ordinaires qu'on les laisse filer sans même les regarder.

Si l'on éduque l'esprit de l'enfant à plutôt voir le verre à moitié plein, il apprendra petit à petit à positiver face aux situations de la vie. L'anxiété sera remplacée par une paix intérieure qui s'ouvrira, quelle que soit la situation, sur une vision optimiste des choses.

« Ce jour-là, Manon voulait de la peinture verte pour représenter l'herbe de son jardin. Le problème était que je venais de finir le bidon de vert le matin même avec un autre groupe. J'aurais pu aller en chercher un dans la réserve de l'école ou chez une de mes collègues, mais ce jour-là, j'ai préféré mettre en avant la technique du verre à moitié plein.

– Je n'ai plus de peinture verte, ai-je répondu. Est-ce un problème pour toi, Manon ?

Silencieuse et sombre, elle m'adresse une moue de déception.

– Oui, je vois que c'est un problème, dis-je. Mais ne t'inquiète pas, on trouve toujours une solution. Il suffit de réfléchir.

J'invite les autres enfants de son groupe à se pencher sur le problème. Matéo propose de prendre des feutres, mais Manon répond qu'elle souhaite faire l'herbe à la peinture. Lina, qui visiblement a déjà vécu ce genre d'expérience, suggère de mélanger des couleurs.

Je l'encourage à développer :

– C'est une très bonne solution, ça, Lina. Sais-tu quelles couleurs nous pouvons mélanger ?

– Non.

Je sors quelques feuilles de brouillon et je propose :

– Si nous faisions des essais ?

Après quelques minutes de recherches, c'est finalement Manon qui a trouvé l'accord parfait :
– Avec du bleu et du jaune, ça marche !
Tous les enfants du groupe ont voulu essayer et, suivant leurs mélanges, nous nous sommes retrouvés avec différentes teintes de vert que nous avons commentées et expliquées.
Ce jour-là, Manon et ses amis ont pu constater que c'était encore mieux que notre vert manquant car chacun pouvait choisir la teinte de son vert.

L'art de l'optimisme

« Dans la vie, disait ma grand-mère, il n'y a pas de problème, il n'y a que des solutions ! »

Utiliser les événements du quotidien pour imprégner nos enfants de la technique du verre à moitié plein, c'est leur permettre d'avoir progressivement une vision optimiste de la vie et de pouvoir ainsi s'y créer davantage de choix.

Développer l'optimisme chez l'enfant, c'est lui permettre d'apprécier (dans tous les sens du terme) le moment présent et le monde qui l'entoure plutôt que s'enfermer dans des pensées sclérosantes d'échecs potentiels.

La différence entre l'optimiste et le pessimiste est que **l'optimiste a l'esprit ouvert sur le monde pour ne faire qu'un avec lui.** Cela éteint les velléités de l'ego toujours prompt à s'interposer. Cela permet également à l'enfant de découvrir avec bonheur son potentiel de transformation et de le mettre en action avec lucidité.

Le pessimiste, lui, se déconnecte du monde et s'enferme dans les interprétations erronées de son ego. La représentation qu'il se fait du monde est ainsi filtrée par des sentiments d'insécurité, de doute, d'anxiété ou de méfiance qui amènent souvent à la non-action ou à la résignation. L'effet pervers de cet enfermement est que l'enfant perd non seulement sa confiance dans le monde, mais également sa confiance en lui.

Contrairement à ce que certains croient, l'optimiste n'est pas aveugle aux difficultés de la vie. En s'habituant à voir le positif avant le négatif, l'optimiste parvient à relativiser les petits ennuis, à mieux affronter les moments difficiles, à rassembler plus facilement son énergie, et à distinguer avec plus de lucidité les enjeux et les ressources pour continuer à avancer.

Accompagner l'enfant au quotidien à la découverte du positif, c'est donc le rendre confiant à la fois dans le monde et dans ses capacités. C'est lui apporter davantage de sérénité et de force de caractère. C'est enfin lui offrir une vie où le courage et l'audace lui ouvriront le champ des possibles.

Développer un esprit positif

1. Ne nous accrochons pas aux moments négatifs et tentons plutôt de retenir les moments positifs.
2. Fractionner les difficultés permet de garder une attitude positive à chaque étape.
3. Développer l'optimisme, c'est mieux affronter les moments difficiles, rassembler plus facilement son énergie, et distinguer avec plus de lucidité les enjeux et les ressources pour continuer à avancer.
4. Être dans le positif, c'est gagner en sérénité et en force de caractère.

À tester

Chaque soir, prenez un moment avec votre enfant pour qu'il vous raconte son moment préféré de la journée. Demandez des détails sur la façon dont il l'a vécu et les émotions qu'il a ressenties. Avant de s'endormir, toutes les émotions positives liées à ce moment viendront alors envahir son esprit et tiendront à l'écart celles qui peuvent être perturbantes.

Accepter ses défauts

« Il n'y a pas de soleil sans ombre, et il faut connaître la nuit. »

ALBERT CAMUS

L'enfant est comme l'adulte, il sait repérer ses différents défauts. Défauts physiques, psychologiques, intellectuels, moteurs, etc. Et s'il n'en a pas forcément conscience dès son plus jeune âge, protégé qu'il est par ses parents, certains petits camarades de classe ont tôt fait de les lui indiquer.

Très tôt dans le bain de la collectivité, l'enfant comprend les critères et les limites de la « norme ». Très vite, il a le réflexe de se comparer aux autres. Et ce n'est pas forcément pour se dévaloriser, car la comparaison fonctionne dans les deux sens. Par exemple, un enfant qui « se sent supérieur » à un autre risque de s'en servir comme levier pour briller. En agissant ainsi, il n'a pas forcément conscience qu'il fait souffrir l'autre car, bien souvent, ce réflexe est la conséquence d'une estime de soi fragile. En effet, l'enfant qui agit ainsi le fait fréquemment pour se rassurer lui-même.

Quand un enfant identifie chez lui un défaut, il peut se focaliser dessus. Il risque d'y porter un regard anxieux et de s'apitoyer sur lui-même, voire de se faire des reproches. Ensuite vient le moment des ruminations. Les ruminations sont une puissante source de malaise et de stress, les pensées tournent en boucle de façon stérile. Non seulement, il n'en sort rien, mais pire, elles peuvent le hanter et finir par l'épuiser psychologiquement.

L'enfant qui rumine sur ses défauts croit réfléchir, pensant trouver une solution, mais il ne fait que ressasser et amplifier des émotions toxiques. Cela peut être de la peur (je ne suis pas à la hauteur), de la honte (je ne suis pas dans les normes), de la colère (ça m'énerve d'être comme je suis !)... mais ses émotions ne sont pas le seul facteur de stress. Les rapports qu'il entretient avec ses camarades constituent également un facteur important dans la gestion de son malaise.

En effet, le regard et la parole des autres font bouger le curseur de ce malaise. S'ils sont critiques à son égard, voire moqueurs, le curseur montera dans le rouge. S'ils sont bienveillants, le curseur descendra tranquillement et cela l'aidera à stabiliser son état de stress. Logique : si ses camarades ne s'intéressent pas plus que cela à son défaut, pourquoi s'en inquiéterait-il lui-même ?

En maternelle, les enfants s'expriment bien souvent sans filtre et ils peuvent parler du défaut d'un enfant, voire s'en amuser, sans s'apercevoir de la violence de leur acte pour leur camarade.

> *“Paul est un enfant qui bégaye. Cela déclenche des rires ou des imitations de « perroquets » qui s'amusent de cette différence.*
> *Ma première réaction est de demander aux perroquets d'arrêter leurs moqueries. Puis, je leur explique que se moquer de Paul n'est pas bien, que cela le fait souffrir.*
> *Toutefois, ce n'est pas cette intervention qui réglera son problème. Son curseur de malaise est, à ce moment-là, à son maximum.*

Il est important d'expliquer aux enfants que la perfection n'existe pas, que l'on a tous un ou plusieurs défauts. Quand j'explique cela, j'essaie toujours de demander aux enfants si l'un d'eux a un défaut et s'il voudrait en parler aux autres.
Bien sûr, neuf fois sur dix, personne ne désire prendre la parole. Alors, je me lance dans un pieux mensonge choisi en fonction du défaut du jour :
– Vous savez, quand j'étais petit, je bégayais, moi aussi. Et vous savez pourquoi je ne bégaye plus ? Parce que les copains et les copines de ma classe m'ont aidé. Et savez-vous comment ils m'ont aidé ? Parce qu'ils étaient gentils avec moi. Parce qu'ils ne se moquaient pas de moi. Quand j'avais du mal à finir un mot, l'un d'eux m'aidait à le terminer. Aujourd'hui, Paul bégaye, mais si nous sommes tous gentils avec lui et que nous l'aidons, bientôt, il ne bégayera plus. Et ça, ce sera grâce à nous tous !

Tous différents

Il est primordial qu'un enfant qui se focalise sur ses défauts comprenne que nous en avons tous. Personnellement, quand je fais des erreurs en classe (et elles sont nombreuses car, je dois l'avouer, je suis assez étourdi !), au lieu de les cacher, je les mets en avant et je les commente. J'en profite pour expliquer aux enfants que tout le monde fait des erreurs, les petits comme les grands, que tout le monde a des défauts et que ce n'est pas grave. Cela fait partie de notre personnalité et parfois même cela nous donne un certain charme.

Moi, j'ai un défaut ? Et alors ? Toi aussi. Lui aussi. Et elle. On est tous pareils, avec nos défauts et nos qualités.

Parfois, j'organise une chasse au trésor où chacun doit trouver, dans la cour de récréation, le plus beau des cailloux. Lorsque notre « récolte » est faite, nous nous rassemblons autour du tapis et chacun présente son plus beau caillou aux autres. Je demande, bien sûr, d'argumenter (Pourquoi trouves-tu que ce caillou est le plus beau ?) et de critiquer (Qu'en pensez-vous, les autres ? Pourquoi ?). Cela débouche parfois sur des débats animés où chacun défend ses goûts, et c'est très bien ainsi.

Car, lors de cet exercice, chacun peut se rendre compte que l'**on est finalement tous différents,** que l'**on a tous nos préférences** et que, comme les cailloux, **nous plaisons potentiellement tous à quelqu'un.** Cela me permet également d'aborder le fait que le cerveau distille un flot continu de pensées qui font croire à chacun d'entre nous des choses très différentes. Chacun croit en sa réalité, mais ce n'est pas la réalité du monde.

Accompagner un enfant qui se focalise sur ses défauts, c'est lui enseigner la prudence sur ce qu'il croit savoir de lui. C'est lui expliquer que si certaines de nos pensées sont négatives et parfois douloureuses, beaucoup d'entre elles sont souvent infondées.

Notre anxiété peut nourrir des projections pessimistes, voire effrayantes, qui n'auront aucun lien avec la réalité future mais qui, au moment où elles nous traversent l'esprit, sont considérées comme fondées et fiables.

“Pour en revenir à Paul, nous pouvons l’aider à réfléchir sur ce point en inventant un cas concret :
– Si un nouvel élève arrive demain dans notre classe, et qu’il bégaye, lui aussi. Que ferez-vous, les enfants ? Vous vous moquerez de lui ou vous l’aiderez ?
– On l’aidera ! répondent à l’unisson les élèves, fiers de montrer qu’ils ont bien retenu la leçon.
– Bien sûr, vous l’aiderez, parce que vous êtes gentils. Mais ce nouvel élève, imaginez qu’il était avant dans une classe où les enfants n’étaient pas gentils avec lui et moqueurs. Eh bien, avant d’arriver dans notre classe, il va s’inquiéter, il va même avoir peur de se retrouver en face de vous, parce qu’il ne vous connaît pas et qu’il pense que vous allez, vous aussi, vous moquer de lui.
– C’est pas vrai, intervient Nour, on va pas se moquer de lui.
– Non, vous n’allez pas vous moquer de lui. Moi, je le sais, mais lui ne le sait pas. Lui, c’est ce qu’il pense. Et il le pense tellement fort qu’il croit que c’est sûr. Nous, nous savons que ce ne sont que des pensées qui tournent dans sa tête, qu’elles ne racontent pas la réalité du lendemain, mais lui, il ne le sait pas encore.

Acceptation, pas résignation

Un enfant, même très jeune, est capable d’envisager les choses du point de vue de l’autre, de se mettre à sa place. Si on l’habitue à donner de l’empathie et de la bienveillance à autrui, il saura s’en donner à son tour s’il en a besoin. Car accepter ses défauts, c’est regarder ses faiblesses avec un œil à la fois bienveillant (et non plus comme une menace) et lucide (je ne suis pas le seul, tout le monde a des faiblesses, à des degrés divers).

Dans l'acceptation de ses défauts, il est primordial que l'enfant ait ainsi une vision globale des enjeux, un peu comme si l'on mettait dans la balance ces deux questions essentielles :

- Quelle conséquence y a-t-il à ne pas s'accepter ?

Si je ne m'accepte pas tel que je suis, je risque de ne plus me respecter moi-même, de me laisser aller. Ou je risque de me fragiliser en m'exposant aux critiques et au rejet.

- Quelle conséquence y a-t-il à s'accepter ?

En acceptant mes défauts, je me libère des pensées créées par mon ego, de la toxicité des ruminations qu'elles entraînent, du poids du regard des autres ; je deviens plus serein et donc plus apte à opérer les changements importants dans ma vie.

Afin de les aider à faire pencher la balance du bon côté, il est nécessaire de les amener à comprendre qu'**acceptation ne signifie pas résignation.** Ce n'est pas toujours facile à saisir car accepter, c'est dire : « OK, mes défauts existent, c'est un fait, c'est comme ça. »

Cependant, cette phrase ne dit pas qu'il ne faut rien faire. Elle invite, au contraire, à rester conscient, lucide, connecté à la réalité, loin des émotions et pensées toxiques qui crispent et empêchent de réfléchir. Cela permet de **ne pas rester bloqué sur le refus de ses limites, de dire oui à la vie ; oui au monde qui, après tout, est comme il est ; et oui à l'action.**

Tant que l'enfant considérera ses défauts comme un handicap, ils resteront pour lui une fragilité et il sera effectivement handicapé. S'il décide de les regarder droit dans les yeux, de les apprivoiser, voire de les aimer, il pourra les transformer en une force pour être véritablement acteur de sa vie.

Accepter ses défauts

1. Ruminer sur ses défauts n'est pas réfléchir. C'est ressasser et amplifier des émotions toxiques.
2. Tout le monde a des défauts, cela fait partie de notre personnalité et certains nous aiment comme ça (petits cailloux).
3. Les autres nous voient différemment de ce que nous imaginons, même si nos projections nous semblent fondées et fiables.
4. Acceptation ne signifie pas résignation. C'est, au contraire, rester lucide, connecté à la réalité, loin des émotions toxiques qui empêchent de réfléchir.
5. Si on considère nos défauts comme un handicap, ils resteront pour nous une fragilité et nous serons handicapés. Si on décide de les regarder droit dans les yeux, de les apprivoiser, voire de les aimer, on pourra les transformer en une force pour être véritablement acteur de notre vie.

À tester

Rassemblez régulièrement les copains et les copines autour de votre enfant, pour toutes sortes d'événements ou juste pour le plaisir d'être ensemble. Plus il baignera dans le partage et l'échange, plus il s'apercevra que ses défauts ne sont pas un handicap et que personne n'y fait attention.

S'affirmer

« Il vaut mieux un "non" prononcé par conviction sincère qu'un oui dû au simple désir de plaire ou, pire, d'éviter des ennuis. »

GANDHI

Certains enfants ont tendance à se laisser écraser par les autres, ou à leur laisser toute la place, affichant un comportement d'évitement, plutôt qu'à faire face au problème et à tenter de le régler en exprimant ce qu'ils ressentent ou ce qu'ils pensent.

Nous connaissons tous ce genre de situation car nous devons parfois la gérer et nous avons l'habitude d'y mettre une étiquette : manque d'affirmation de soi.

Mais le manque d'affirmation de soi revêt d'autres visages également. En effet, un enfant qui rencontre des problèmes pour s'affirmer peut aussi se comporter avec agressivité. Si, par exemple, il demande quelque chose en ayant le sentiment de ne pas être à la hauteur de ce qu'il demande, il peut le faire de manière agressive pour se persuader que l'autre ne pourra pas le lui refuser.

Autrement dit, **que l'enfant pratique l'évitement ou l'agression, cela signifie qu'il n'est pas prêt à faire face au point de vue de l'autre.** Ce n'est pas grave pour le moment, car il est jeune et il ne maîtrise pas encore les codes de l'affirmation de soi. Trouver le bon équilibre s'apprend avec l'expérience et l'aide de l'adulte.

« Dans un coin de la classe, Arthur joue avec le train en bois. Il regarde la locomotive électrique qui avance tranquillement sur les rails.
Soudain, une main surgit et saisit la locomotive sous son nez… C'est celle de Léo. Léo a envie de jouer, lui aussi, avec la locomotive. Sa demande est maladroite mais je décide de ne pas intervenir. Du moins, pour l'instant.
Arthur regarde Léo sans rien dire. Du coin de l'œil, j'observe la scène. Si Léo fait rouler la locomotive le temps d'un trajet, puis la redonne à Arthur, en mode partage, cela me convient.
Malheureusement, ce n'est pas le cas. Léo garde la locomotive et bloque les mains du pauvre Arthur qui cherche timidement à la récupérer.
La passe de mains ne dure que quelques secondes et je vois Arthur qui s'en va s'asseoir tristement sur un banc.
En attendant de discuter du problème avec Léo, je décide d'aller m'asseoir près d'Arthur.
– Tu es triste parce que Léo a pris le train avec lequel tu jouais, c'est ça ?
– Oui, et il veut pas me le rendre.
– Il ne veut pas partager ?
– Non.
– Tu lui as demandé de partager ?
– Non.
Arthur me regarde. Dans son regard, je devine un peu d'anxiété. Je lui suggère :
– Va le voir et demande-lui de partager le train avec toi.
Il secoue la tête.
– Il voudra pas.

– C'est possible. Mais s'il ne veut pas, il faut que tu réfléchisses à ce que tu peux lui dire.
Arthur rassemble ses idées, puis me propose :
– On doit partager les jouets dans la classe…
Il s'accroche à mon regard, comme pour avoir mon avis, et il ajoute :
– …c'est la règle.
– Oui, Arthur, c'est la règle et tu la connais, c'est bien. Et Léo la connaît aussi, crois-moi. Si tu n'es pas d'accord avec un copain, il faut lui dire. On ne se fâche pas, on ne se dispute pas, on ne se bat pas, on explique juste les choses comme on les pense, comme on les ressent. Vas-y, je te regarde.
Arthur s'approche de Léo.
– On joue ensemble ?
Léo fait mine de ne pas l'entendre. Il ne lui adresse même pas un regard et continue à jouer seul.
Arthur insiste :
– On doit partager, c'est la règle !
Léo lève la tête, mais pas vers Arthur. C'est moi que ce coquin cherche du regard. J'aurais dû détourner les yeux pour le laisser prendre sa décision sans pression. Mais c'est trop tard. Nos regards se sont déjà croisés.
– D'accord ! dit Léo en tendant la locomotive à Arthur.
Finalement, ce n'est pas plus mal que nos regards se soient croisés. Arthur s'est ainsi retrouvé dans la situation idéale pour apprécier tous les bienfaits de l'affirmation de soi.
Je suis heureux pour lui. Voilà une expérience qu'il pourra dupliquer. Quant à Léo, nous discuterons ensemble plus tard.

Les pièges de l'évitement

Il ne faut pas laisser un enfant s'enfermer dans l'évitement, car cela le conforte dans l'image fragile qu'il a de lui. Ce manque de confiance en lui va l'inciter à continuer à éviter les situations qui lui paraissent susceptibles de l'atteindre. L'enfant, par peur d'être rejeté, moqué, agressé... risque de rester dans l'évitement permanent et d'en faire ensuite un mode de conduite sociale dans sa vie d'adulte.

L'autre danger de laisser un enfant dans l'évitement est qu'il va peu à peu refouler ses aspirations profondes. Il risque de faire une croix sur ses envies personnelles, ses convictions et ses droits pour pouvoir mieux se glisser dans le moule sociétal décidé par les autres, par ceux qui imposent leur loi. Au départ, c'est une solution de facilité qu'il trouvera pratique, presque confortable, mais au final, il s'emprisonnera dans ce mécanisme de fonctionnement et il en souffrira toute sa vie.

Comment aider l'enfant à s'affirmer ?

Nous pouvons l'accompagner, comme dans l'exemple ci-dessus, en l'aidant à faire face aux petits conflits du quotidien. Chaque petit pas accompli est important. Nous pouvons également compléter ces actions ponctuelles par un état d'esprit plus global où l'on va, par exemple, l'aider à se remettre au centre de ses actions.

Ne plus obéir aux diktats de la pensée unique peut l'amener à libérer sa personnalité. Les activités artistiques sont, par exemple, de formidables vecteurs pour affirmer sa force de caractère.

Laisser libre cours à ses pensées, à ses convictions, à travers la création d'une œuvre et, dans le même temps, refuser toute soumission à la logique, au conventionnel, peut contribuer à l'affirmation de soi.

Un enfant qui s'affirme est un enfant a qui l'on a donné l'occasion et l'habitude de s'exprimer librement, de transmettre ses ressentis. La création artistique le guide dans cette voie en douceur. Notre rôle d'adulte est de prolonger l'expérience à travers la vie sociale. Dans cette interaction avec les autres, il va peu à peu trouver sa place et défendre ses positions et ses droits.

Dans cette éducation à l'affirmation de soi, il est nécessaire d'être vigilant quant à la façon dont il va s'affirmer. En effet, défendre ses positions et ses droits ne signifie pas empiéter sur ceux des autres.

L'enfant doit comprendre que s'affirmer doit remplir simultanément deux conditions :

- **d'une part, ne pas se laisser marcher sur les pieds ;**
- **et d'autre part, ne pas marcher sur ceux des autres.**

Pas facile.

Tout est dans le dosage entre fermeté et douceur dans un contrat gagnant/gagnant. Ayez toujours cet équilibre-là en tête quand vous intervenez auprès des enfants.

Marcher sur les pieds des autres masque souvent une certaine peur d'autrui. Intimider l'autre est alors une façon de se protéger. Une démarche maladroite due à un manque de confiance en soi. Il est donc important de surveiller en permanence les interactions des enfants pour observer la manière dont ils communiquent et leur donner des pistes pour qu'ils trouvent d'eux-mêmes l'équilibre entre respecter les autres et se respecter soi-même.

Leur donner des pistes, c'est bien, mais les mettre en situation, c'est mieux. **L'affirmation de soi s'apprend par la pratique,** même si les conseils de l'adulte restent importants. Veillons à mettre nos enfants en situation dès que nous détectons chez eux quelque hésitation à s'affirmer. Les mises en situation régulières permettent à l'enfant de découvrir petit à petit cet équilibre entre lui et les autres. Il va ainsi fortifier sa confiance en lui et ne plus voir les autres comme une menace.

Au fil de ses expérimentations, il va découvrir des notions dont il n'avait pas conscience avant de se lancer :

- s'affirmer n'est pas se soumettre aux autres mais s'exprimer en toute liberté ;
- s'affirmer n'est pas agir contre les autres mais savoir les écouter ;
- s'affirmer, c'est trouver sa place et en faire une aux autres.

S'affirmer

1. Pratiquer l'évitement ou l'agression signifie que l'on n'est pas prêt à faire face au point de vue de l'autre.
2. L'évitement est une solution de facilité dans laquelle on peut s'enfermer et souffrir toute la vie.
3. S'affirmer, c'est à la fois ne pas se laisser marcher sur les pieds et ne pas marcher sur ceux des autres.
4. L'affirmation de soi s'apprend surtout par la pratique.

À tester

Proposer à son enfant une pratique artistique qui lui plaît, c'est lui offrir un pouvoir d'expression. C'est aussi lui donner la possibilité de développer un talent et d'affirmer sa personnalité.

Savoir se comparer

« Les hommes se distinguent par ce qu'ils montrent et se ressemblent par ce qu'ils cachent. »

PAUL VALÉRY

L'ego est une véritable machine à polluer l'esprit. Et comme chaque enfant possède sa petite machine personnelle, les conflits peuvent vite se multiplier.

À cet âge-là, les enfants se construisent, ils cherchent leur place, et inévitablement, leur ego souffle sur les braises de la comparaison.

Là où certains se comparent aux autres dans un besoin de se rassurer sur leur propre valeur, d'autres se comparent en se lamentant, en détruisant l'image déjà fragile qu'ils ont d'eux-mêmes.

L'enfant qui a une haute estime de soi, va se comparer aux autres en cherchant la compétition. Mais plus il va se comparer aux autres, plus il va générer du stress (je dois faire mieux que l'autre) et de l'anxiété (vais-je faire mieux que l'autre ?) en créant des projections en boucle.

L'enfant qui a une basse estime de soi ne pourra pas s'empêcher, lui non plus, de se comparer aux autres. La différence étant qu'il se comparera en sa défaveur et fuira la compétition. Mais lui aussi va nourrir du stress (je vais encore perdre et me ridiculiser), de l'anxiété (vais-je pouvoir fuir, esquiver ?) et s'infliger de nombreuses pressions psychologiques.

Les enfants qui recherchent la compétition sont souvent ceux qui déclenchent les conflits. Ils veulent montrer leur supériorité et pensent ainsi gagner leur place. Une place qui, pensent-ils, leur permettra de briller et de se faire accepter.

Malheureusement, leur démarche est maladroite et la voie qu'ils empruntent ne les mènera pas là où ils croient aller. Ce n'est pas dans les rapports de domination et de conflits qu'ils vont calmer leurs peurs, et surtout, ce n'est pas comme cela qu'ils vont s'attirer la sympathie des autres.

« *Dans l'atelier « bonhomme » de janvier, chaque enfant s'applique à dessiner son personnage en tâchant de ne rien oublier. Période de fête des Rois oblige, Maryam a décidé de dessiner une princesse. Belle chevelure, jolie robe, sa princesse est magnifique. Elle le sait et elle fonce tête baissée dans l'écueil de la comparaison.*
J'entends Lucie pleurer. Je m'approche. Entre deux sanglots, elle me confie :
– Maryam a dit que ma princesse était moche !
Je me tourne vers Maryam. Je n'ai même pas besoin de parler. Maryam baisse les yeux, honteuse. Elle sait qu'elle a fait souffrir sa copine.
Je rassure Lucie en lui disant que j'aime beaucoup sa princesse.
– Vos deux princesses sont très belles, dis-je, mais tu sais, je pense que Maryam avait peur que sa princesse soit moins jolie que la tienne. Tu veux bien lui pardonner ?
Lucie acquiesce. Je me tourne vers Maryam :
– Tu sais, Maryam, tu as de la chance d'avoir une amie comme Lucie. Je crois que tu peux lui faire un bisou.

Je sens que Maryam a pris la dimension de son erreur, elle a les larmes aux yeux. Elle se penche vers sa copine pour l'embrasser.
– Pardon, murmure-t-elle.
Un peu avant la récréation, profitant d'un moment de calme, je prends le temps de lui expliquer certaines choses à propos de la comparaison :
– Tu sais Maryam, vouloir faire un plus beau dessin que sa copine, ce n'est pas important. C'est comme vouloir être la plus belle, la plus intelligente, la plus rapide. Tout ça, ce n'est pas le plus important. Le plus important, c'est d'avoir des amis, c'est d'être heureux. Si tu es gentille avec une copine, cette copine sera gentille avec toi. Si tu lui dis, par exemple, « Ton dessin est joli », elle te dira « Merci, le tien aussi est joli ». Tu sais, les enfants qui se comparent se rendent souvent malheureux. Alors, ne fais pas comme eux.

Comparaison et ego

Avec un très jeune enfant, nous ne pouvons pas entrer dans les détails des mécanismes de l'ego, mais nous pouvons lui indiquer des chemins de vie simples à suivre pour en éviter les pièges.

Une enfant comme Maryam peut également se retrouver stressée face à une copine qui dessine une princesse plus jolie que la sienne (ou qu'elle imagine plus jolie).

Maryam comparera alors ce dessin avec le sien, mais cette fois, cela va fragiliser son sentiment de supériorité. Une multitude d'émotions négatives monteront en elle jusqu'au moment où, perdue dans ses doutes et ses craintes, elle prendra son crayon pour gribouiller la princesse de sa « rivale ».

Ce type « d'accident » arrive régulièrement en maternelle. Il s'agit d'être vigilant car ce geste n'est pas anodin. Si, dans un premier temps, il est nécessaire de porter secours à l'agressé en le rassurant et en jouant le médiateur, il est également indispensable d'en parler à nouveau en aparté avec l'agresseur pour l'aider à comprendre la toxicité de la comparaison dès qu'elle entraîne un mauvais esprit de compétition. Souvent, l'agresseur a davantage besoin d'être aidé que l'agressé, car sa souffrance est profonde et durable. **La comparaison prend parfois racine dans la peur de l'indifférence ou le besoin de reconnaissance.** L'enfant cherche dans le regard des autres un moyen d'exister, de montrer sa valeur.

Je n'insisterai jamais assez pour veiller à entretenir un climat de bienveillance dans un groupe d'enfants où l'on inculque de belles valeurs comme l'altruisme, le partage et l'entraide. Dans la scène décrite ci-dessus, Maryam comprend très vite qu'elle a mal agi car elle vit dans une classe où son quotidien est fait de repères positifs. Dans un milieu où l'enfant ne dispose d'aucun repère fiable pour s'élever, il peut être attiré par les comparaisons toxiques (surtout pour lui). Le genre de comparaisons qui lui permettent de développer un narcissisme basé sur le conflit ou la dominance. L'enfant attirera l'attention en se montrant insupportable par exemple. Il cherchera à se faire détester car, dans son esprit, c'est un moyen rapide et efficace d'attirer l'attention sur lui. Il se sent alors exister dans le regard des autres et il leur montre, à sa façon, qu'il est différent, voire important. Prendre un maximum de place lui donne le sentiment que plus on le déteste, plus il gagne de l'importance. Malheureusement, il s'enferme peu à peu dans la rupture du lien social et dans un isolement qui entretient son penchant narcissique.

Veillons donc à donner à nos enfants l'image d'un « vivre ensemble » et de belles valeurs sur lesquelles ils peuvent s'appuyer pour construire un équilibre et une confiance en soi solides et durables.

En fait, la comparaison ne doit pas être guidée par l'ego. L'enfant qui comprend le fonctionnement de son ego sait raisonner sainement face aux situations de la vie. Si son ami fournit un travail plus abouti que le sien, il saura le féliciter, admirer son travail, et non pas tomber dans l'écueil de la comparaison.

Cet enfant pensera « nous » avant de penser « je ». Il portera tout de même un regard positif et bienveillant sur son propre travail, et s'il fait une comparaison avec celui de son ami, ce sera dans un esprit positif et volontaire. Celui de le considérer comme un modèle à suivre pour progresser.

En ce sens, la comparaison peut être un chemin d'apprentissage intéressant. Nous l'avons tous éprouvé dans notre jeunesse en observant nos parents, nos enseignants, certains camarades ou des personnes que l'on a admirées ou qui nous ont servi de modèles.

En comparant nos talents naissants et ceux des personnes que l'on admire, nous forgeons nos outils pour progresser, nos valeurs, voire notre caractère.

Alors, en tant qu'adultes responsables d'enfants, soyons vigilants quant à l'image que nous leur donnons de nous-mêmes. Et soyons également attentifs aux modèles qu'ils seraient susceptibles de suivre ailleurs. Certains peuvent être néfastes pour eux (notamment ceux qui viennent des médias véhiculant des modèles aux codes fallacieux ou simplistes) et nous devons les aider à les décoder correctement.

Savoir se comparer

1. Chercher à se comparer, que ce soit pour se valoriser ou se dévaloriser, indique une estime de soi fragile.
2. La comparaison prend parfois racine dans la peur de l'indifférence ou le besoin de reconnaissance (ego).
3. Celui qui sait comment fonctionne son ego, utilise la comparaison comme un outil pour progresser.

À tester

Jouer régulièrement aux jeux de société en famille permet de souligner les rapports de valeurs soufflés par l'ego et de les décrypter : je gagne/je perds ; suis-je pour autant meilleur/moins bon ? Est-ce définitif ? Comment m'améliorer ? Dans les jeux où le hasard joue un grand rôle, l'enfant va vite comprendre que la comparaison est inutile car c'est la vie qui décide à notre place. Pour les jeux de stratégie et de réflexion, donnez-lui des conseils tactiques et valorisez les progrès qu'il fait au fil de sa pratique. Ainsi, la comparaison deviendra pour lui un moteur.

Savoir oser

« Le pessimiste voit la difficulté dans chaque opportunité. L'optimiste voit l'opportunité dans chaque difficulté. »

WINSTON CHURCHILL

Entraîner les enfants à explorer tout ce qui n'est pas dans leur zone de confort est une démarche intéressante. La prise de risque fait peur, c'est normal. Personne n'aime se mettre en danger, et même quand il n'y a pas de risque physique, la seule éventualité d'échouer peut pétrifier un enfant.

Certains voient l'échec comme une alternative impossible à envisager. Malgré tout, avec de la patience et de la bienveillance, pas à pas, nous pouvons amener l'enfant à comprendre qu'**il ne peut pas y avoir de réussite ni de progrès sans prise de risque.**

Parfois, c'est la peur de l'inconnu qui paralyse l'enfant. Et nous devons bien le reconnaître, même nous, adultes, il nous arrive de nous figer par peur de l'inconnu. L'avantage que nous avons sur l'enfant est que nous avons derrière nous un vécu. Nous savons que notre peur n'est jamais en rapport avec le danger réel. Les émotions prennent le dessus sur la raison et il n'y a qu'en expérimentant la peur de l'inconnu que l'enfant pourra se familiariser avec et en découvrir les coulisses.

Pour cette raison, il est essentiel de proposer ce genre d'expérience à l'enfant, dès son plus jeune âge. Il va ainsi apprendre à apprivoiser les émotions perturbantes et, petit à petit, les dépasser.

Accompagné de l'aide bienveillante de l'adulte, l'enfant va ensuite pouvoir bâtir les fondations de la confiance en soi.

« Pour un enfant de trois ans, marcher sur une poutre peut être très impressionnant, même à trente centimètres du sol. C'est justement ce que je propose de faire aujourd'hui à mes élèves. Certains se lancent spontanément, sans appréhension visible. Je les fais passer un par un et je reste près d'eux. Par moments, ils ont le pied qui glisse, leur corps semble basculer dans le vide, mais mes mains se referment aussitôt sur eux et je les aide à rétablir leur équilibre. Puis ils poursuivent leur route comme si de rien n'était. Ils semblent découvrir l'aventure avec enthousiasme. Eux savent oser. C'est parfait !
En revanche, je jette un œil vers certains qui attendent leur tour et je vois dans leur regard un peu d'appréhension. Les pertes d'équilibre de leurs camarades n'ont pas l'air de les rassurer. J'imagine qu'une multitude de questions doit envahir leur esprit : « Et si je tombe, moi aussi ? Et si le maître n'arrive pas à me rattraper ? Et si, et si, et si… »
Johanna pose ses pieds sur la poutre. Je la sens tremblante.
– Ne t'inquiète pas, je te tiens.
Je place mes mains autour de sa taille et je l'accompagne. Je ne la lâche pas. Il est important qu'elle sente le contact rassurant de mes mains. Je la conseille sur le placement de ses

pieds. Je la laisse vivre ses sensations. Elle avance, concentrée, confiante. C'est bien. Elle arrive enfin en bout de poutre. Elle saute sur le tapis. Je la félicite :

– Bravo, Johanna !

Son visage se décrispe et elle m'adresse un sourire de satisfaction.

À la fin de la séance de motricité, je réunis tous mes élèves autour de moi pour valoriser leurs performances :

– Tout d'abord, les enfants, je vous félicite tous, parce que vous avez tous réussi à traverser la poutre ! Bravo !

Je les applaudis. Ils s'applaudissent. Ils sont heureux de leur performance.

Puis, je prends un moment pour mettre des mots sur ce qu'ils ont vécu, chacun à des degrés différents :

– Moi aussi, quand j'étais petit, j'ai appris à traverser une poutre. Au début, j'avais peur. À chaque fois que j'avançais mon pied sur la poutre, je sentais quelque chose de bizarre dans mon ventre. C'était la peur. Mais vous savez, la peur, c'est normal qu'elle nous accompagne parfois. Elle est là pour nous aider. Si vous la sentez, vous aussi, dans votre ventre, c'est qu'elle est là pour vous aider, comme moi…

Là, les enfants me regardent avec une attention particulière. Quoi ? La peur, cette chose qui nous noue les tripes, est là pour nous aider ? Faudrait nous en dire plus…

Je continue :

– Moi, je vous tiens la main, ou la taille. La peur, elle, elle est là pour vous dire de rester concentrés sur vos gestes, sur chacun de vos pas… parce que la peur, elle est là pour vous aider à réussir, pour vous aider à aller plus loin. Alors, la prochaine fois que vous la sentez dans votre ventre, dites-lui merci dans

votre tête, et montrez-lui que vous savez vous concentrer. Et à force, quand elle verra que vous êtes capables de vous concentrer tout seuls, elle ne viendra plus dans votre ventre, elle fera comme moi : elle vous lâchera.

Quelques séances plus tard, Johanna me confie :

– Je crois que la peur est partie.

– C'est normal, elle a vu que tu étais bien concentrée et que tu traversais la poutre beaucoup plus facilement qu'au début. Si tu veux, je peux lâcher ta taille, maintenant…

Elle réfléchit.

– Tu me donnes la main ?

– Si tu veux.

Je lui tends ma main, paume vers le haut et je lui explique :

– C'est toi qui vas serrer ma main. Si la peur te demande de la serrer, tu la serreras. Si elle te demande simplement de poser ta main sur la mienne, tu poseras ta main sur la mienne. Si elle te dit que tu peux la lâcher, tu pourras la lâcher. À chaque fois, c'est toi qui décideras.

La semaine suivante, Johanna, traversait la poutre seule en y prenant beaucoup de plaisir…

L'échec n'est pas un ennemi

Il n'est jamais facile de se mettre en danger. Nous le savons bien, nous, adultes, qui avons déjà eu l'occasion de tester des situations périlleuses. Enfin, périlleuses… Qui nous semblaient périlleuses parce qu'elles nous étaient inconnues. Le parachutiste qui a des centaines de sauts derrière lui n'a plus peur alors que la plupart d'entre nous considèrent un saut en parachute comme un exercice effrayant.

Certains adultes (souvent des personnes qui ont vécu des peurs traumatisantes dans leur enfance) ont le mauvais réflexe de mettre leur enfant « sous cloche », leur interdisant, par exemple, les structures de jeux installées dans les parcs ou leur infligeant une surveillance excessive, voire étouffante. Ce n'est pas la bonne démarche. Cela risque d'altérer la confiance en soi de l'enfant qui non seulement ne voudra plus franchir les obstacles physiques, mais risque également d'être handicapé quand il sera face à un exercice d'apprentissage compliqué, ou une décision délicate. J'ai remarqué que lorsque mes élèves dépassaient leurs blocages psychologiques dans les exercices d'éducation physique, ils franchissaient ensuite plus facilement leur peur de l'inconnu face à un exercice intellectuel. Grâce à des prises de risque répétées (et encadrées) en salle de motricité, j'ai pu ainsi aider certains d'entre eux qui, au départ, restaient bloqués devant un travail juste par peur d'échouer.

Quand on observe attentivement les biographies de gens célèbres, on s'aperçoit souvent que les personnes couronnées de succès, quel que soit leur domaine d'activité, sont celles qui ont été le plus confrontées à l'échec. Ce n'est pas un paradoxe, c'est une réalité logique. **Celui qui n'a pas peur des échecs, ne craint pas non plus de les accumuler, car il sait qu'ils forment un tremplin pour aller plus loin, plus haut, vers la réussite.**

Les croyances populaires affirment qu'il y a d'un côté les chanceux, et de l'autre les malchanceux. En vérité, il y a ceux que les parents ont habitués à aller vers l'inconnu, et ceux chez qui l'on a renforcé la peur de l'inconnu.

Ceux qui partent à la découverte de nouveaux endroits, de nouvelles rencontres, de nouvelles habitudes, de nouvelles activités, de nouveaux défis... ont tout simplement plus de probabilités de croiser une nouvelle opportunité que ceux qui restent dans le chemin tracé du quotidien. Ils ont également un regard beaucoup plus aiguisé face à l'inattendu et savent y repérer plus facilement une occasion à saisir.

C'est dès la prime enfance qu'un individu va construire sa faculté à faire face à l'inconnu et à franchir les obstacles. **En apprenant à se constituer des outils pour affronter l'inconnu, pour se familiariser avec ses émotions, il deviendra quelqu'un qui osera sortir de sa zone de confort, aller de l'avant et passer à l'action au moment opportun.**

Il saura apprécier la justesse d'une décision car celle-ci ne sera pas perturbée par des émotions qu'il ne maîtrise pas. Son expérience lui donnera une vision de plus en plus précise de la prise de risque qu'il peut envisager. Et la précision de cette vision, c'est bien ce qui fait la différence entre ceux qui avancent et ceux qui restent au bord de la route.

Savoir oser

1. Il n'y a pas de réussite ni de progrès sans prise de risque.
2. Quand nos émotions prennent le dessus sur la raison, notre peur n'est jamais en rapport avec le danger réel.
3. Celui qui n'a pas peur de l'inconnu passe plus facilement à l'action et a plus de chances de voir les opportunités.

À tester

Dans le square ou le parc de jeux, laissez votre enfant expérimenter les structures. Vous pouvez rester près de lui et l'aider à franchir un obstacle en cas de besoin, mais ne l'empêchez pas d'essayer. Vous risquez de lui transmettre votre peur. Si vous accompagnez ses gestes, il ne peut rien lui arriver. En agissant ainsi, vous lui permettrez peu à peu d'affronter l'inconnu avec plus d'aisance.

4

Quatrième clé

Être (un bon) acteur du monde

Savoir dire oui à la vie
Commander ? ou pas
Trouver la joie dans l'effort
Être curieux
Penser « nous » avant de penser « je »
Trouver son rôle

Savoir dire oui à la vie

« Que l'homme est né pour le bonheur,
certes toute la nature l'enseigne. »
ANDRÉ GIDE

Dire oui à la vie n'est pas toujours facile. Si la vie réserve de bons moments, elle en distille aussi parfois de douloureux.

Dire oui à l'adversité, à la douleur, au chagrin ne signifie pas que l'on aime ressentir ou vivre ces instants. Dire oui, c'est faire face à ce qui arrive en étant conscient que « c'est là ». C'est un constat. Aucun jugement, aucune rébellion n'y pourra rien changer.

Dire oui n'est pas une acceptation fataliste qui suggère la résignation. Cela ne veut pas dire qu'il faut baisser les bras. Au contraire, dire oui signifie plutôt accueillir la situation telle qu'elle est pour mieux aller de l'avant.

> “ *Ce matin, Mathis a un coup de cafard au moment de la séparation d'avec sa maman. Il pleure. Pour l'instant, son cœur et son esprit disent « non » à cette séparation. Je le prends dans mes bras et nous allons nous asseoir dans un coin de la classe, au calme.*

Je pose ma main sur son ventre. Nous allons commencer par dire « oui » au chagrin.

– Regarde ma main comme elle bouge. C'est normal, tu as un gros chagrin. Et c'est normal d'avoir du chagrin, tu sais, quand quelque chose ne va pas comme on voudrait.

Mathis regarde ma main qui saute au rythme de ses sanglots. Il observe la manifestation extérieure de son chagrin. C'est bien, il va pouvoir maintenant se pencher sur ce qui bouillonne en lui, ce flot d'émotions pour l'instant incontrôlable.

Je continue de le rassurer. Ses sanglots sont moins forts. Il est prêt à dire « oui » à ses émotions.

– Tu sens ma main ? J'ai l'impression qu'elle bouge moins. Respire un grand coup. Oui, comme ça. Maintenant, souffle tranquillement. Voilà, c'est bien.

Je laisse Mathis calmer peu à peu sa respiration. Je lui explique d'une voix douce et bienveillante ce qu'il sait déjà, que les mamans reviennent chercher leurs enfants dès qu'elles ont fini leur journée.

Mathis a retrouvé une respiration normale. Il me regarde. Je lis un énorme « oui » dans ses yeux.

Oui à la situation qui l'a fait souffrir.

Oui à ce moment difficile qui l'a fait réfléchir sur le monde extérieur, ce monde que l'on doit accepter tel qu'il est.

Oui aussi à cette expérience qui l'a sensibilisé à son monde intérieur, ce monde peuplé d'émotions qu'il doit apprendre à regarder en face et à gérer.

Un copain est venu chercher Mathis pour jouer aux petites voitures. Mathis est parti avec lui. Il a retrouvé le sourire. Quelques minutes plus tard, je l'entends rire.

Il a dit oui à la vie, il a accueilli la situation telle qu'elle était, mais il n'a pas baissé les bras pour autant. Il a fait face, il a réfléchi, et il est allé de l'avant.

Aucun chemin de vie n'est rectiligne

Dire oui à la vie, c'est apprendre aux enfants à savoir être présents à ce qui est, et admettre que tout n'est pas rose. **Ce n'est pas juger, aimer ou détester, c'est seulement dire que ça existe, que ce qui se trouve sur notre route fait tout simplement partie de la vie,** que cela fait maintenant partie de notre vie, que l'on ne réécrit pas le passé et qu'il faut faire avec.

Dire oui à la vie, c'est comprendre qu'aucun chemin de vie n'est rectiligne, que l'on trouve, un jour ou l'autre, un rocher en travers de la route. Il est là et il est inutile de taper du poing dessus. Dire oui à la vie, c'est observer ce rocher, le prendre en compte comme un élément à part entière de notre parcours, puis le contourner, par la droite ou par la gauche, ou même passer par-dessus, pour poursuivre notre route. Ce n'est pas l'oublier non plus, c'est continuer à le prendre en compte dans nos réflexions futures. Même s'il est douloureux, il n'est pas inutile. Il reste utile pour toutes ces prochaines fois où l'adversité mettra un nouveau rocher sur le chemin.

Dire oui à la vie, c'est montrer aux enfants comment l'on devient riche de tout ce qui fait le monde. Par exemple, faire face à la tristesse nous fait apprécier la joie, faire face à l'injustice nous motive à nous battre pour l'équité, faire face à la faim nous incite au partage… Aidons-les à embrasser le monde tel qu'il est, plutôt que les laisser s'enfermer dans leurs émotions.

Dire oui à la vie, c'est ralentir, voire s'arrêter. Prendre le temps de voir le monde tel qu'il est, et ne plus s'agiter autour de ruminations ou de projections stériles. C'est refuser de filtrer sa vie en séparant ce qui est bon et nous arrange de tout ce qui est mauvais et nous déplaît.

C'est savoir aussi savourer les bonheurs quand ils se présentent et voir à quel point ils sont précieux.

En dirigeant nos efforts vers ces enseignements, nous donnerons progressivement à nos enfants la possibilité d'appréhender tous les bénéfices du « savoir dire oui à la vie ». Ils connaîtront ce sentiment de plénitude qui permet d'ouvrir l'esprit sur le champ des possibles ; de voir sans regarder ; d'entendre sans écouter ; d'accomplir sans faire...

Car **dire oui à la vie, ce n'est pas *faire*, mais *être*.** En intensifiant sa présence. En habitant sa conscience. C'est être là et savoir. Savoir se rendre vivant au monde et à sa fabuleuse diversité plutôt que s'agiter dans un microcosme égocentré.

« Ce soir, le papa d'Ava a une mauvaise nouvelle à annoncer à sa fille. La météo du lendemain n'est pas bonne, elle prévoit de la pluie pour toute la journée. Cela signifie que le pique-nique qui était prévu ne pourra pas se faire.
Ava, qui attendait ce pique-nique depuis des jours, semble dévastée par la nouvelle. Elle se met à crier, à pleurer, et elle file s'enfermer dans sa chambre.
Sa maman vient la voir pour la consoler, mais Ava ne l'entend pas, elle est prisonnière des émotions qui la submergent. En cet instant de détresse, elle est incapable d'accueillir la situation car elle est dans un état de rumination. Des émotions négatives tournent en boucle dans sa tête : de la déception (« Pas de repas au bord de l'étang, pas de partie de ballon avec Papy... »), de l'impuissance (« Pourquoi ce jour-là ? Pourquoi moi ?... »), de

la colère (« J'en ai assez de cette météo ! De ma région où il fait toujours moche ! »).
Ava n'est plus capable d'entendre sa maman, de voir le monde tel qu'il est, de dire oui à la vie et à son imprévisible courant. Son attention est accaparée par un tourbillon intérieur d'émotions et de pensées répétitives et épuisantes, un tourbillon qui s'auto-alimente en empilant les ressentis douloureux.
Face à l'impuissance, Ava s'est enfermée dans la rumination et la colère. Au bout d'un moment, elle finit par accepter les faits, non pas par choix, mais par épuisement et parce qu'elle ne peut pas faire autrement. Sa colère cède la place à la frustration. Sa maman l'aide à sécher ses larmes. Ava entend de nouveau ses paroles réconfortantes, mais elle est envahie maintenant par une grande tristesse.
– Demain, nous inviterons Papy et Mamie à venir manger à la maison, si tu veux, console sa maman.
Ava regarde sa maman. Elle réfléchit : « Ce n'est pas le pique-nique, c'est sûr, mais c'est mieux que rien. »
Ava serre sa maman contre elle. Sa tristesse est encore là, mais elle la sent qui s'estompe. Elle sourit à sa maman. Elle l'aime. Très fort. Et maintenant, elle sent l'amour de sa maman. Elle va pouvoir dire oui à la vie.

Accueillir le désagréable comme l'agréable

Dire non est plus facile que dire oui. Se crisper est plus aisé que lâcher prise.

Les enfants abordent différemment les aléas de la vie. Certains s'effondrent, d'autres réagissent avec violence, mais chaque fois, les situations posant problème entraînent ruminations et projections anxiogènes. L'enfant peut rester enfermé longtemps dans la spirale des émotions négatives, avec toutes les conséquences néfastes que cela entraîne (stress, anxiété, pessimisme récurrent...) si personne ne l'habitue à dire oui à la vie.

Enseigner aux enfants à savoir dire oui à la vie, c'est les préparer à accueillir le désagréable comme l'agréable. Il faut être à leur écoute, les accompagner pour les relier au moment présent, les habituer à prendre de la distance avec le passé, alimenté par des ruminations destructrices, et le futur, construit sur des projections anxiogènes.

Au fil de ses expériences, l'enfant prendra ainsi l'habitude d'aborder la réalité telle qu'elle est. Il accueillera toute situation avec discernement et distance. Cela lui permettra de vivre sans stress superflu, d'être de meilleure humeur et d'aborder son quotidien avec décontraction.

Savoir dire oui à la vie

1. Savoir dire oui à la vie, c'est accueillir toute situation telle qu'elle est pour mieux aller de l'avant.
2. Dire oui à la vie, ce n'est pas juger, aimer ou détester. C'est seulement dire que ça existe et qu'il faut faire avec.
3. Savoir dire oui à la vie, c'est sentir ce sentiment de plénitude qui permet d'ouvrir l'esprit sur le champ des possibles ; de voir sans regarder ; d'entendre sans écouter ; d'accomplir sans faire...
4. Dire oui à la vie, ce n'est pas faire mais être.

À tester

Essayez de ne pas exploser face aux événements désagréables, ni de vous lamenter. Du moins, pas devant votre enfant. Devant lui, au contraire, envisagez la situation avec pondération et résilience. Faites-lui comprendre que la vie est ainsi faite, qu'il faut accepter ce qu'elle met sur notre route et aller de l'avant.

Commander ? ou pas

« Celui qui excelle à employer les hommes se met au-dessous d'eux. »

LAO-TSEU

Dans certaines discussions, on entend parfois l'expression « dans la vie, il y a les meneurs et les suiveurs ». Une question se pose alors : est-il préférable d'être du côté des meneurs ou des suiveurs ?

Vous avez certainement, comme chacun d'entre nous, votre réponse. Je vais vous confier la mienne : cela dépend de ce qu'il y a dans la tête de l'individu. Autrement dit, tout dépend ce qui fait avancer le meneur ou le suiveur.

Pour ce présent chapitre, nous allons nous intéresser au meneur, et plus exactement à l'enfant qui aime commander. Non pas de celui qui aime ce « rôle » et le joue de bon cœur quand, par exemple, l'enseignant a besoin d'un chef d'équipe pour une séance de sport. Non, nous parlons ici de celui qui est addict au commandement, qui ne peut s'empêcher de commander les autres, qui a fait de cette habitude un besoin.

> *« Lola vient me voir et me dit :*
> *– Ils ne veulent pas que je joue avec eux.*
> *Je m'approche du groupe avec Lola et je demande aux enfants la raison de ce rejet.*
> *L'un d'eux me répond :*
> *– Elle veut toujours commander !*

Les deux problèmes majeurs que l'on rencontre avec les enfants qui veulent « toujours » commander sont de natures très différentes :

- le premier est de porter préjudice à ceux qui se font commander : celui qui commande peut être pesant, voire handicapant pour les autres, les coupant de leurs libertés ou les habituant à ne plus penser par eux-mêmes ;
- le second est de porter préjudice à celui qui commande : celui-ci peut être rejeté ou maltraité et se retrouver lui-même en souffrance.

Qu'il fasse souffrir les autres ou qu'il souffre lui-même, nous ne pouvons pas laisser cette situation sans solution. Notre rôle est de protéger les uns et les autres. Or si l'on règle le problème de celui qui commande, on règle, de fait, le problème de ceux qu'il commande.

Que se cache-t-il derrière un enfant qui ne peut s'empêcher de commander ? Et si cet enfant souffrait d'une estime de soi fragile ?

En général, quand on se cache derrière le masque d'un personnage, c'est que l'on a une mauvaise opinion de soi. L'enfant cherche à se rassurer en attirant l'attention sur lui, en rassemblant autour de lui. Sa méthode est maladroite, mais il ne le sait pas. C'est à nous, adultes, de lui faire comprendre qu'il est ni mieux ni moins bien que les autres avec, comme tout le monde, ses qualités et ses défauts.

« Je demande à Lola et à son groupe de participer à un jeu de rôle. Cette fois, ce n'est pas Lola qui va faire le « chef », je demande à Mehdi s'il veut bien parler le premier pour organiser le groupe autour du jeu (un bus jaune et de petits personnages qui se fixent à l'intérieur).

Mehdi prend son rôle très au sérieux.

– Je veux le bus et tous les enfants qui vont dedans ! dit-il aux camarades de son groupe.

Lola met la main sur le bus et refuse de le lâcher.

– C'est moi qui commande, dit Mehdi à Lola, alors tu me donnes le bus !

J'interviens :

– Oh là là ! Mehdi. Je ne t'ai pas dit de faire comme Lola, je t'ai demandé de jouer normalement avec ton groupe.

Mehdi réfléchit, puis se reprend :

– Vous voulez bien me donner le bus et les enfants qui vont dedans, s'il vous plaît ?

Je le félicite.

– C'est bien Mehdi, tu as demandé calmement et tu as été poli en ajoutant « s'il vous plaît ».

Puis je me tourne vers le groupe.

– Mais est-ce que vous pensez que c'est une bonne idée pour jouer tous ensemble ?

– Non, dit Lola, il prend tout pour lui !
– Tu as raison, Lola, Mehdi veut prendre tout pour lui. Comme toi tout à l'heure, tu te rappelles ?
Lola baisse le nez. Je reprends :
– Et on sait maintenant que ce n'est pas une bonne idée. Moi, je vais vous aider à trouver une règle pour jouer : il faut que chacun d'entre vous ait une place dans le jeu mais attention... sans prendre toute la place ! Alors ? Avez-vous des idées ?
Les enfants réfléchissent et, rapidement, les idées fleurissent :
– On pourrait se prêter le bus, suggère l'un d'eux.
– Quand on met son bonhomme dedans, on a le droit de conduire le bus, dit un autre.
– On raconte une histoire avec son bonhomme, chacun son tour, ajoute le suivant.
D'autres enfants de la classe se sont approchés de notre groupe et apportent des idées supplémentaires.
Je les applaudis.
– Bravo, les enfants, je suis fier de vous. Vous avez trouvé de très bonnes idées pour jouer ensemble. Demain, quand vous sortirez un jeu, rappelez-vous ***notre règle :*** *je trouve une place dans le groupe, mais je ne prends pas toute la place !*

Mener n'est pas commander

En travaillant sur le rôle que chacun peut jouer dans un groupe, nous allons faire comprendre à l'enfant que **commander peut être envisagé si chacun accepte la règle.** Autour d'un jeu, par exemple, où l'on décide de façon collégiale qu'un meneur mène la danse. Commander peut alors avoir un sens pour tout le monde : réaliser une action de groupe plus vite qu'une autre équipe, créer un château de sable plus élaboré, rassembler divers objets plus efficacement...

En revanche, si commander entraîne des contraintes pour certains, des frustrations ou des révoltes, cela risque d'engendrer des conflits ou des rejets. L'enfant comprend en général assez facilement que dans ces conditions, il risque de se retrouver seul ou fâché avec ses amis.

Lorsque ce genre de situation arrive, il est important d'échanger avec l'enfant afin de l'amener, premièrement, à parler de ce qu'il ressent et, deuxièmement, à dire pourquoi, d'après lui, son mode de fonctionnement n'est pas le bon.

Il est alors possible de l'aider à comprendre que le rapport de force n'apporte jamais rien de bon, que ce soit pour celui qui commande ou pour les autres. Et de lui faire sentir une nuance essentielle : la différence entre commander et mener.

Commander est davantage dans l'idée d'ordonner, et donner des ordres ne fonctionne que si, d'une part, celui qui commande est apprécié ou respecté, et d'autre part, si les autres sont prêts à lui obéir ou à le suivre.

Mener n'est pas ordonner, mais plutôt coordonner. Le meneur sait unifier son groupe et propose. Et même quand il donne un ordre, celui-ci passe davantage pour une « invitation à faire ». Le meneur commence par se faire apprécier ou respecter, avant de passer aux commandes.

Cette nuance, l'enfant est capable de la saisir, puis de la faire sienne.

L'enfant qui cherche à commander de façon répétitive doit attirer notre attention. Cet enfant est peut-être en quête de reconnaissance, voire d'amour. Il a le sentiment d'être un enfant « trop » comme les autres, un élément noyé dans la masse et de manquer d'attention ou d'affection. Cet « anonymat ressenti » fonctionne un peu comme un sentiment de solitude. Il a besoin de se frotter aux autres pour sortir de la masse.

Cet enfant-là est souvent victime d'un décalage entre le réel et le perçu (à moins qu'il ne manque véritablement d'affection à la maison, cela peut arriver aussi).

Dans un cas comme dans l'autre, il est important de lui donner de l'attention et de l'affection. L'adulte doit lui montrer au quotidien qu'il compte aux yeux de quelqu'un. Cela ne se fait pas forcément de façon directe entre l'adulte et l'enfant. Il est, par exemple, possible de l'organiser en donnant du poids au collectif, en soudant le groupe dans une interdépendance et une solidarité sécurisante qui permet à chacun d'être dans une dynamique où il a un rôle à jouer.

L'enfant trouvera alors naturellement sa place et son équilibre, et sera prêt à s'épanouir en parfaite harmonie en société.

Commander ? ou pas

1. Le besoin de commander indique parfois une estime de soi fragile.
2. Si commander entraîne des contraintes pour certains, des frustrations ou des révoltes, cela risque d'engendrer des conflits ou des rejets.
3. Mener n'est pas commander. Le meneur sait unifier son groupe et propose.

À tester

Remettons au centre de nos préoccupations les marques de respect. Si vous habituez votre enfant à manier les « s'il te plaît », « merci », « pardon », « excusez-moi » et toutes les autres formules de politesse, cela l'aidera le jour où il devra prendre les commandes d'un groupe. En 2014, j'ai écrit un album (*Au secours ! J'ai perdu mon slip !* éditions Marmaille) où chaque animal de la jungle veut devenir le chef à la place de Tarzan. Dans cette histoire, les enfants apprennent que commander, c'est d'abord penser aux autres avant de penser à soi.

Trouver la joie dans l'effort

« Un voyage de mille lieues commence toujours par un premier pas. »

LAO-TSEU

Le goût de l'effort est un thème de discussion assez fréquent quand il s'agit de se pencher sur les nouvelles générations et la façon de faire évoluer la pédagogie. Certains pensent que le goût de l'effort s'est perdu au fil du temps, que les enfants d'aujourd'hui veulent tout sans faire d'effort.

Il est important que nous commencions, nous, adultes, à réfléchir à ce que nous pourrions proposer à nos enfants. Si nous les aidions, par exemple, à comprendre que l'effort n'est pas une contrainte et que **l'action est plus enthousiasmante que l'inaction ?**

Dès leur plus jeune âge, nous devons veiller à accompagner nos enfants dans certaines habitudes de fonctionnement en changeant leur regard sur le travail. Nous pouvons, par exemple, les habituer à transformer leur vision du résultat à atteindre.

Nous avons parfois tendance à expliquer à l'enfant que l'on attend de lui un travail qui permettra de partir d'un point A (départ de l'activité) pour arriver à un point B (résultat attendu). Cependant, présenté ainsi, ce point B n'a rien d'excitant. L'enfant perçoit cela comme « ce que l'adulte attend de moi ». Il fera ce travail parce qu'on le lui demande (ce n'est pas certain, d'ailleurs) et peut-être aussi parce qu'il voit ses camarades s'activer. Mais sera-t-il suffisamment mobilisé, voire concentré, pour réussir ? Pas sûr. Et surtout, un sentiment de routine et d'inertie risque de s'installer en lui sur le long terme. Inconsciemment, il finira par envisager le travail en général comme une tâche sans intérêt.

Chez les adultes, nous avons nombre d'exemples autour de nous d'individus qui abordent un même travail avec des regards très différents. Ici, par exemple, nous avons un jardinier municipal qui dit : « Moi, mon travail, c'est désherber et replanter. » Tandis que son collègue va dire : « Moi, j'entretiens les espaces verts pour créer de beaux endroits où les gens auront plaisir à venir. »

Dans votre milieu professionnel, je suis sûr que vous côtoyez, vous aussi, des personnes qui abordent leur travail avec des visions diamétralement opposées. Dans le mien, certains enseignants s'ennuient et stressent en pensant que leur mission est de faire apprendre aux élèves le programme de l'année. À l'inverse, d'autres prennent du plaisir à enseigner car, pour eux, leur rôle est d'interagir avec leurs élèves pour les aider à devenir des adultes instruits, équilibrés et heureux.

Quand on aide les enfants à percevoir les objectifs de travail comme stimulants, voire enthousiasmants, on leur donne envie d'entrer en action et de s'investir.

« Ce matin, je distribue à chaque enfant une étoile de Noël dessinée sur un papier cartonné. La triple consigne est :
- *que les enfants colorient sans déborder ;*
- *qu'ils recouvrent le coloriage par un graphisme (croix ou étoiles, selon le niveau) ;*
- *qu'ils découpent l'étoile.*

Sacré programme ! Si je leur présente l'activité en me contentant d'énumérer les tâches, je ne vais pas forcément motiver mes troupes…

Alors, avant d'entrer dans le détail des consignes, je commence par brosser l'objectif :

– Cette étoile, quand elle sera coloriée, décorée et découpée, vous pourrez l'emporter à la maison pour l'installer sur votre sapin.

Cette fois, je vois non seulement briller de l'intérêt dans les yeux de mes élèves, mais, en plus, je commence à en entendre certains qui se projettent déjà sur la façon dont ils vont travailler leur étoile…

Le « goût de l'effort » s'est associé ici à la « joie de faire ».

La philosophie du résultat

Aidons nos enfants à percevoir l'effort comme une communion avec leur objectif. Plus tard, quel que soit leur métier, ils trouveront d'eux-mêmes les ressources pour y trouver du sens et s'y épanouir.

Cependant, la vision enthousiasmante de l'objectif n'est pas toujours facile à faire passer. Par moments, certains enfants ont du mal à entrer en action, pour de multiples raisons, quelquefois personnelles (émotivité, peur de l'échec, etc.).

Si l'enfant se focalise sur le résultat attendu, qu'il le juge hors de sa portée, il peut perdre confiance en lui et se décourager. Envahi par ses émotions, il en oublie de se concentrer sur son travail. Pire, il peut faire un blocage.

À d'autres moments, l'enfant peut juger l'activité trop longue ou fastidieuse et il peut alors se réfugier dans un réflexe de précipitation qui va lui faire bâcler son travail.

Dans tous les cas, il est important de recentrer l'attention de l'enfant sur l'action (instant présent) et non plus sur le résultat (projections qui peuvent être anxiogènes), en lui proposant une activité intermédiaire, plus simple, plus ludique ou plus courte.

« Le schéma corporel chez le tout-petit est une notion qui se met en place sur le long terme. Il est toujours utile de montrer régulièrement à l'enfant, sur une feuille ou au tableau, le dessin d'un bonhomme afin qu'il ait une image globale de son schéma corporel, mais ce simple modèle n'est, en matière de résultat à atteindre, pas parlant pour tous.

À l'âge où l'enfant représente sa tête et son ventre à l'aide d'un seul et unique rond sur lequel ses bras et ses jambes sont attachés (bonhomme têtard), le modèle qu'on lui place sous les yeux reste abscons. Il représente pour lui un objectif qu'il ne visualise pas dans sa globalité car proposant beaucoup trop d'éléments à la fois.

Ce résultat attendu risque d'être ressenti comme inaccessible. Matéo est capable de dessiner une belle tête bien ronde et deux bras attachés dessus. Cependant, dès qu'on tente d'appréhender le ventre avec lui et de le placer, Matéo préfère « botter en touche » en terminant son dessin par un gribouillage. C'est, en quelque sorte, une fuite face à ce résultat attendu trop pesant pour lui.

Aujourd'hui, j'ai préparé des formes découpées dans du papier cartonné de couleur : un rond pour la tête, un grand ovale pour le ventre, et quatre bandes pour les bras et les jambes.

Je lui propose un petit jeu :

– Que pouvons-nous faire avec ces formes, Matéo ?

Matéo ne répond pas, mais il s'approprie les formes et il joue avec. Après quelques instants de manipulation, et voyant qu'il n'a pas trouvé à quoi correspondait chaque élément, je dessine des yeux, un nez et une bouche sur le rond.

– Ça, c'est la tête, dis-je.

Et j'ajoute, en dessinant un nombril sur l'ovale :

– Et ça, c'est le ventre. Avec ces formes, Matéo, nous allons fabriquer un joli bonhomme. Ce sera ton bonhomme. Quand

nous l'aurons fini, nous le collerons sur une feuille et nous le montrerons à tous les copains.

Je vois les yeux de Matéo pétiller d'intérêt. Il commence à manipuler les formes. Cette fois, il verbalise :

– La tête, c'est en haut !

– Oui, c'est bien, Matéo. Et le ventre ?

– C'est là !

Le ventre n'est pas vraiment en contact avec la tête, mais il l'a bien placé dessous. Je décide que l'on rapprochera les deux éléments au moment du collage.

– Oui, très bien !

Après quelques tâtonnements, Matéo parvient à placer les six éléments. Nous collons le bonhomme sur une feuille et avec un feutre, nous le perfectionnons en dessinant des cheveux et des oreilles. Matéo ajoute même des lunettes.

– C'est Papa !

Je le félicite :

– Bravo, Matéo, tu as réussi à faire un beau bonhomme ! Ton papa est très beau ! Nous lui montrerons quand il viendra te chercher.

Pendant cette activité, Matéo s'est allégé du poids du résultat attendu. Il était dans le jeu, dans l'action. La représentation graphique du bonhomme était oubliée, mise de côté momentanément, pour rassembler ses efforts sur cette activité intermédiaire. Des efforts, sous forme de jeu de manipulation, qu'il a faits de bon cœur, pour lesquels il s'est investi avec joie et qu'il aura plaisir à réitérer.

Les séances suivantes, Matéo s'est aidé de son collage pour travailler sa représentation graphique du bonhomme, d'abord par transparence grâce à des calques, puis comme modèle. Et bientôt, il a réussi à dessiner son bonhomme sans modèle.

La joie d'être dans l'action

En se détachant du résultat, quel que soit le moment du processus qui mène au bout, Matéo a pu se concentrer tranquillement sur l'action, à travers les différents exercices intermédiaires que je lui proposais, et ainsi, il a mis tous les atouts de réussite de son côté.

En se concentrant davantage sur l'action que sur le résultat, un enfant réunit plus facilement les paramètres du succès sans nourrir de crainte ni anticiper d'échec. Il prend conscience que l'effort se vit comme une expérience et non plus comme une corvée, et que le chemin jusqu'au résultat, même s'il est parfois long, peut être envisagé comme un beau voyage.

Trouver la joie dans l'effort

1. Percevoir les objectifs de travail comme stimulants, voire enthousiasmants, donne envie d'entrer en action et de s'investir.
2. Recentrer son attention sur l'action (instant présent) plutôt que sur le résultat (projections) libère l'esprit et crée de l'envie.
3. L'effort doit être considéré comme une expérience et non comme une corvée. Il faut profiter de ce beau voyage, de ce chemin qui mène au résultat.

À tester

Impliquez votre enfant dans les tâches du quotidien. Montrez-lui que l'action est vivifiante et donne du sens à votre vie. Partagez dans la joie un maximum de tâches avec lui : mettre la table, repeindre la clôture, trier le linge de couleur, faire un gâteau, aller chercher la pizza au coin de la rue, nettoyer la voiture… les idées ne manquent pas.

Être curieux

**« Vis comme si tu devais mourir demain.
Apprends comme si tu devais vivre toujours. »**

GANDHI

« La curiosité est un vilain défaut », entend-on parfois.

Oui, mais laquelle ?

La curiosité malsaine, bien sûr, celle qui épie, qui traque avec un œil malveillant. La curiosité qui sert l'élévation de soi et des autres, elle, est une valeur essentielle à inculquer aux enfants dès les premières années.

Être curieux cela signifie s'intéresser aux choses, aux êtres, au monde... Un enfant curieux s'investit naturellement dans les activités qu'on lui propose parce qu'il a envie d'apprendre et de découvrir de nouvelles choses. De plus, il porte un regard plus large et plus profond sur l'objet de ses réflexions. Cela lui permet non seulement d'accroître ses connaissances, mais aussi d'ouvrir son esprit au monde, aux autres et à lui-même.

Il est donc important de susciter, de développer, puis de cultiver la curiosité chez l'enfant dès son plus jeune âge.

« Les beaux jours approchent. La chaleur et le soleil transforment la nature. J'invite les enfants à l'observer, à partager leurs réflexions, leurs expériences.

– J'ai cueilli une fleur dans la cour de récréation, dit Clémence en brandissant une pâquerette. On peut la planter ?

Un débat commence. La plupart pensent que c'est une bonne idée. Louise, elle, proteste :

– Elle va mourir, elle a été coupée. Moi, ma maman, quand elle achète des fleurs, elle les met dans un vase qu'on remplit d'eau et après, elles meurent.

– C'est parce qu'il faut les planter dans la terre, rétorque Noa.

– Non, c'est parce qu'il faut une graine pour faire pousser une fleur, insiste Louise.

– N'importe quoi ! dit Clémence. Ma fleur, elle va pousser si on la plante !

Accrochée à son envie que sa fleur continue de vivre, sensible à l'appui de la plupart de ses camarades et persuadée que le nombre fait la vérité, Clémence se tourne vers moi avec un regard plein d'espoir.

– On la plante, hein ?

Je souris.

– Tout ce que vous avez dit est intéressant, les enfants. Alors, oui, Clémence, nous allons planter ta fleur et nous allons voir ce qui se passe…

Je vais chercher un petit pot en verre, j'ouvre la porte à l'arrière de ma classe (j'ai la chance qu'elle donne directement sur une parcelle de terre où poussent déjà des plantes ornementales), je récupère un peu de terre, puis je plante la pâquerette.

Toutefois, j'ai envie d'aller plus loin avec mes élèves. Je souhaite utiliser ce moment pour qu'ils développent leur curiosité et leurs réflexions.

J'ouvre mon armoire et je prends un deuxième pot, un peu de coton et la boîte de flageolets secs que j'avais justement achetée pour faire des plantations.

Les enfants, curieux, suivent mes gestes avec attention.

– Tu fais quoi ? me demande Noa.

– J'ai envie de faire une expérience. Nous avons planté la fleur de Clémence dans la terre. Maintenant, j'ai envie de vérifier ce que nous a dit Louise...

Je place un peu de coton au fond du pot, puis je sors un haricot de la boîte pour leur montrer.

– Louise, tu nous as dit qu'il fallait une graine pour faire pousser une fleur. Eh bien, nous allons planter cette graine, mais nous n'allons pas la planter dans la terre. Nous allons l'installer dans du coton mouillé. C'est un peu pareil que la terre, mais l'avantage, c'est qu'en faisant comme ça, nous pourrons surveiller si elle pousse.

Je place une deuxième couche de coton sur le haricot et j'humidifie ma plantation.

Tous les matins, quand les enfants arrivent, ils sont curieux de voir comment se comportent nos deux plantations. Et cette curiosité s'alimente toute la journée. Nos deux pots sont devenus un point de rencontre, un lieu où l'on discute, où l'on échange. Les hypothèses se croisent, les avis s'additionnent, les observations s'affinent.

Le lieu est devenu un mini-labo où l'on cultive aussi la curiosité. Surtout quand, quelques jours plus tard, on commence à voir une petite racine blanche sortir du haricot et s'ancrer dans le coton du dessous. Puis l'on constate au fil des jours que, dans

le premier pot, la pâquerette se meurt tandis que dans le deuxième, une tige verte écarte le coton du dessus pour partir à l'assaut du ciel…
La semaine suivante, chaque enfant exprimait l'envie de faire sa propre plantation. Parfait ! Ils anticipaient sur mon programme ! Nous avons donc préparé un pot pour chaque élève.
Jour après jour, chacun d'eux a suivi avec curiosité, attention et enthousiasme l'évolution de sa plantation. Lorsque les haricots ont été assez grands, ils les ont emportés chez eux pour les planter en pleine terre, les uns dans leur jardin, les autres dans une jardinière. Et quand fut venu le moment de la récolte et de la dégustation, l'émerveillement était une fois encore au rendez-vous, alimentant au passage de nouveaux questionnements (et l'estomac de mes petits curieux !).

Le plaisir de l'exploration

L'apprentissage de la curiosité apporte de la lumière à la vie de nos enfants. Cela leur permet de se construire en échappant à l'ennui du quotidien, en partant à la découverte du monde, en goûtant à l'émerveillement sans cesse renouvelé de la vie.

À la suite de cette expérience, certains parents m'ont dit : « Depuis que vous avez fait vos plantations, nous croulons sous les questions sur la nature et ses mystères ! » Certains ont même dû acheter des documentaires pour satisfaire la curiosité de leur enfant !

La pédagogie efficace est celle qui sollicite la curiosité de l'enfant car il n'apprend jamais aussi bien que dans l'automotivation. Il suffit d'amorcer la pompe, puis d'alimenter sa curiosité au fil de ses besoins.

La curiosité est un formidable vecteur dans le goût de l'effort. Aller plus loin, en savoir plus sur un sujet, le creuser, étudier les thèmes en rapport avec celui qui nous occupe... Quel incroyable outil de motivation pour s'investir dans une tâche sans avoir l'impression de travailler. Mieux : en y prenant du plaisir.

La curiosité est pluridisciplinaire. Cette stimulation intellectuelle vient également nourrir l'univers artistique et le potentiel de création présent en chacun de nous et qui ne demande que peu de choses pour éclore. L'âme d'artiste que la curiosité développe en nous se construit grâce à notre perception du monde. Cette âme voit, elle entend, elle sent, elle goûte en exploratrice, en acceptant de se laisser surprendre par ses découvertes, que ce soit dans la beauté du monde ou dans sa laideur. Puis elle creuse plus loin encore, en direction de notre cœur pour découvrir ce qu'il en fait.

Développer le goût de la curiosité chez l'enfant, c'est l'aider à se tourner vers l'extérieur plutôt que rester centré sur lui-même. Cet enfant-là ira spontanément vers les autres, pour les découvrir et essayer de les comprendre. Cette empathie naturelle lui permet d'entretenir des relations riches et harmonieuses avec autrui.

De plus, un enfant qui est curieux des autres, l'est forcément de lui-même. Cette attitude est un formidable terreau pour l'estime de soi. Quand il vit une expérience, qu'elle soit agréable ou non, il observe ce qui se passe en lui, parce qu'il est curieux, et il apprend de lui comme il apprend des autres. Quand il se sent énervé, l'enfant curieux observe ses sensations avant de réagir. Il se demande, par exemple, pourquoi il a l'impression de voir, dans ces moments-là, beaucoup d'ennemis autour de lui. Et pourquoi, quand il est gai et enthousiaste, il a, au contraire, le sentiment d'être entouré d'amis.

Un enfant curieux n'hésite pas à se hasarder hors de sa zone de confort, simplement pour le plaisir d'explorer l'inconnu. Il envisage les difficultés comme des guides pour progresser. Il les analyse, cherche à les comprendre pour mieux avancer. Il repousse ainsi tranquillement ses limites, parfois même sans s'en apercevoir.

Cette aptitude à être curieux est un précieux outil pour l'enfant. Une richesse qu'il utilisera toute sa vie pour comprendre, avancer et s'élever.

Être curieux

1. Être curieux permet non seulement d'accroître ses connaissances, mais aussi d'ouvrir son esprit au monde, aux autres et à soi-même.
2. La curiosité est un incroyable outil de motivation pour s'investir dans une tâche sans avoir l'impression de travailler. Mieux : en y prenant du plaisir.
3. Être curieux, c'est savoir se tourner vers l'extérieur plutôt que rester centré sur soi-même, c'est aller spontanément vers les autres et entretenir des relations riches et harmonieuses en société.
4. Être curieux, c'est apprendre de soi comme on apprend des autres, c'est prendre de l'assurance et ne pas avoir peur de l'inconnu.

À tester

En multipliant les observations et les expériences, vous allez développer une curiosité saine chez votre enfant. « Regarde, par terre, cette colonne de fourmis qui va d'un point à un autre. Cherchons à savoir pourquoi. » « Et cet arbre coupé. C'est quoi ces cercles dessinés sur la souche ? » « Et pourquoi le glaçon se transforme en eau ? » Soyez attentif à chaque moment de vie avec votre enfant pour éveiller sa curiosité sur le monde qui l'entoure. C'est facile, vous verrez, dans la vie tout est matière à observations et questionnements.

Penser « nous » avant de penser « je »

« On peut allumer des dizaines de bougies
à partir d'une seule sans en abréger la vie.
Le bonheur ne décroît pas quand on le partage. »
BOUDDHA

Que l'on soit un enfant de maternelle ou un adulte, la solidité de l'estime de soi dépend en grande partie de la qualité de la relation aux autres.

Si l'enfant est capable de créer des liens solides et harmonieux avec les autres, il bâtit un rapport à lui-même de meilleure qualité et cela l'aide à devenir un adulte équilibré. Si, au contraire, sa relation aux autres est difficile, il risque de nourrir des doutes, des complexes, des peurs...

Penser « nous » évite de s'appesantir sur sa propre personne et de s'enfermer dans des schémas toxiques ou anxiogènes. Comme nous l'avons vu précédemment, en démasquant son ego, l'enfant peut plus facilement s'ouvrir aux autres. À leur contact, il comprend que des relations harmonieuses se construisent par l'appartenance et non par la suffisance.

Grâce à ses interactions avec les autres, l'enfant apprend à se découvrir tout en trouvant peu à peu sa place. D'abord, dans le groupe, puis, par extension, dans la société, et dans le monde.

S'autocentrer en permanence n'est pas une voie enrichissante. C'est plutôt un fonctionnement sclérosant. De nos jours, les médias, les publicités et la société de consommation induisent, voire encouragent, ce type de fonctionnement. En effet, ils cherchent continuellement à nous faire croire que nous sommes « uniques » et qu'en acquérant tel produit ou qu'en consommant tel service, nous deviendrons « différents », plus beaux, plus forts, plus efficaces, plus rapides...

Notre tâche, à nous, adultes, devient alors très compliquée dès qu'il s'agit de trouver les moyens de déconstruire ces schémas toxiques pour l'ego de nos enfants.

« Ce matin, je sors un puzzle en mousse de grande taille, à réaliser au sol. Il représente des dinosaures dans leur milieu naturel. J'installe quatre enfants autour du jeu (Lina, Joana, Clément et Timothé), mais sans leur dire comment s'organiser. Spontanément, les enfants tentent de récupérer un maximum de pièces chacun pour essayer de construire un début d'assemblage. Chaque enfant se focalise sur la quantité de pièces qu'il pourra posséder sans forcément réfléchir aux associations (de couleurs, de formes...) qui leur permettraient de les assembler. Je les laisse se débrouiller seuls pendant quelques minutes. Je les observe néanmoins du coin de l'œil. La coopération semble compliquée. Chacun défend son petit tas de pièces comme un trésor de guerre en perdant de vue l'objectif. En effet, l'attention de chacun semble moins mobilisée par la construction du puzzle en associant les pièces que par la protection de son « magot ».

Lorsque je retourne les voir, le puzzle est au point mort. Je décide donc de distribuer des rôles à chacun :

- *À Lina, je demande de rechercher tous les morceaux bleu marine (j'en montre un comme exemple). Ces morceaux-là représentent un plan d'eau où sont regroupés les dinosaures marins.*
- *Joana, elle, a pour mission de réunir tous les morceaux bleu ciel où l'on retrouve les dinosaures volants.*
- *À Clément, je propose de rassembler tous les morceaux représentant la forêt où l'on voit les carnivores.*
- *Tandis que Timothé est chargé d'assembler tous les morceaux dans les tons orange et ocre. Ce sont les endroits où évoluent des dinosaures de petite taille et des herbivores.*

Comme ce puzzle est partagé en quatre zones de couleurs différentes, cela va leur permettre de s'organiser en s'attribuant chacun un rôle dans une mission stimulante.

Je reste un moment près d'eux pour les observer. Cette fois, leur comportement a changé. Là où, tout à l'heure, chacun pensait d'abord à accumuler les pièces pour son propre compte, je vois maintenant des enfants qui se les échangent en fonction des besoins de chacun. Le « je » s'est transformé en « nous ». Chacun coopère avec l'autre et tente de comprendre ses besoins.

La situation inextricable du début a fait place à une belle synergie et une efficacité qui ravissent les enfants. En quelques minutes, ils ont terminé chacun leur zone puis ils les ont assemblées.

Voilà, le puzzle géant est terminé. Lina, Joana, Clément et Timothé sont fiers de leur œuvre et heureux du travail accompli. À l'instar des pièces d'un puzzle, ils ont trouvé chacun leur place, créé des associations et consolidé leurs liens.

Les vertus de la coopération

Grâce à ce genre d'exercice où le rôle de chacun est bien défini (et déterminant), les enfants prennent conscience que la coopération leur apporte une multitude de satisfactions. En plus de constater une belle efficacité de résultat, ils vont pouvoir :

- savourer la joie de partager une activité ;
- goûter aux sensations nouvelles que peuvent apporter l'entraide, les encouragements ou l'admiration sincère ;
- se sentir valorisés par la tâche qu'ils ont accomplie dans la réalisation de l'œuvre commune ;
- éprouver de la fierté d'avoir joué un rôle important dans la performance du groupe ;
- accentuer la force du lien social qui les unit ;
- augmenter leur confiance et la qualité de l'image qu'ils ont d'eux-mêmes ;
- comprendre comment trouver plus facilement leur place dans la société, non plus en recherchant sans cesse leur propre intérêt, mais plutôt en se solidarisant à l'intérêt collectif, ce qui crée de la réciprocité et de l'harmonie dans les rapports tout en nourrissant, finalement, les intérêts de chacun.

Ce mode vertueux est celui qui a permis aux premiers êtres humains de survivre, puis de prospérer. En effet, face aux dangers multiples de la nature sauvage, l'homme a vite compris qu'il devait vivre non plus seul mais en communauté pour augmenter ses chances de survie. Puis, au fil du temps, ayant résolu ses principaux problèmes de survie, la collectivité s'est structurée pour répondre à d'autres besoins. Celui, par exemple, de se donner plus de chances d'assurer sa descendance. Cela signifie s'organiser pour construire des abris solides et protecteurs ; pour nourrir et habiller tout le monde grâce au perfectionnement des techniques de chasse, de la culture et de l'élevage.

Un autre besoin, sur du plus long terme, était de faire prospérer la communauté. Une fois encore, tout cela n'était possible qu'en pensant « nous » avant de penser « je », en prenant en compte les besoins de chaque individu au sein du groupe (hommes, femmes, enfants, handicapés...), en répartissant les rôles, en créant du lien social et de la solidarité, en encourageant les autres, en reconnaissant leurs talents...

Autant de valeurs essentielles qui ont tendance à se déliter dans notre société dite « moderne ». Certes, de nos jours, les données ont changé, mais l'enjeu reste le même. Car le danger est bien réel, il vient principalement de la course à l'ego, modèle que prône notre société.

En augmentant les exercices de coopération, nous transformons le mode de fonctionnement des plus forts comme celui des plus faibles pour un résultat gagnant/gagnant. L'explication est simple, les plus forts vont naturellement prendre la responsabilité d'aider les plus faibles plutôt que de perdre leur temps et leur énergie à étaler leurs compétences ou à chercher à les écraser. De même, ce genre d'exercice aide les plus faibles à gagner en confiance car ils ne se sentent plus jugés mais épaulés dans un climat de cohésion.

De mon côté, en tant qu'enseignant, j'ai remarqué que le mélange d'enfants doués et d'enfants en difficulté dans un même groupe tirait vers le haut non seulement les enfants en difficulté, mais également les enfants doués. En effet, en s'attachant à aider les autres, les enfants moteurs mettent en place des raisonnements et des stratégies pour mieux transmettre leurs connaissances. Ils développent, en quelque sorte, des techniques d'apprentissage nouvelles en aidant leurs camarades à progresser.

Il est nécessaire, dès le plus jeune âge, de remplacer la compétition et l'élitisme (les enfants travaillent les uns contre les autres dans le stress) par la coopération et la valorisation (les enfants travaillent les uns avec les autres dans un climat de paix et de confiance).

Quand l'enfant pense « nous » avant de penser « je », il développe une intelligence des sens. Son engagement n'est plus pesant psychologiquement pour lui, mais il l'enthousiasme et le rend plus efficace. Ses bonnes relations (aux autres et à lui-même) déclenchent un comportement altruiste bénéfique à tous (aux autres comme à lui-même). Et enfin, il aura davantage confiance en lui et prendra donc plus de plaisir à apprendre.

Penser « nous » avant de penser « je »

1. Une bonne relation aux autres se construit par l'appartenance et non par la suffisance.
2. Grâce à ses interactions avec les autres, l'enfant apprend à se découvrir tout en trouvant peu à peu sa place, d'abord dans le groupe, puis, par extension, dans la société et dans le monde.
3. En augmentant la coopération, nous transformons le mode de fonctionnement des plus forts comme celui des plus faibles pour un résultat gagnant/gagnant.
4. En remplaçant la compétition et l'élitisme (travailler les uns contre les autres dans le stress) par la coopération et la valorisation (travailler les uns avec les autres dans un climat de paix et de confiance), il se crée de l'enthousiasme et de l'efficacité.

À tester

Veillez à ce que votre enfant ait des camarades. Aidez-le à resserrer les liens d'amitié qui les unissent en proposant des goûters, des soirées pyjama ou des fêtes improvisées. Favorisez les interactions, les échanges et le partage entre eux et vous verrez, la puissance du « nous » créera du bonheur à la fois pour votre enfant et pour les autres.

Trouver son rôle

« Nous avons tous une pierre précieuse cachée au fond de nous. Si nous la polissons avec soin, elle pourra révéler son éclat et briller de mille feux. »

KUKAI

Si trouver sa place est important, trouver son rôle l'est tout autant. C'est une démarche essentielle dans la construction d'une vie accomplie, épanouie et heureuse. En effet, **comment être heureux si l'on ne donne pas du sens à sa vie ?**

Nous avons tous un rôle à jouer dans la vie, un don ou un talent à exercer qui nous permet à la fois de nous accomplir, de nous épanouir, d'être relié aux autres, au monde, de se sentir vivant. Toutes les personnes qui ont trouvé ce talent vous le diront, cela participe à une part active de leur bonheur.

Parfois, les gens arrivent à 40 ou 50 ans pour finalement s'apercevoir que leur vie ne les rend pas heureux. Ici, un promoteur immobilier lâche tout pour s'engager dans une ONG et parcourir le monde au secours de la planète. Là, une cheffe d'entreprise s'en va ouvrir son atelier d'artiste dans un pays qu'elle affectionne. Bien souvent, leurs revenus chutent considérablement, mais leur bonheur n'est pas lié au confort matériel. Il est plutôt en accord avec un besoin fondamental : trouver leur rôle. Ce besoin, qu'ils ressentaient au plus profond d'eux-mêmes, a trouvé sa résolution par l'expression de ce talent qu'ils possédaient pourtant depuis toujours mais qu'ils viennent seulement de prendre véritablement en compte.

Permettons à nos enfants de vivre une multitude de situations diverses, d'activités différentes. Et dans ce monde si vivant, si passionnant, enseignons-leur l'interdépendance de tous les êtres vivants qui y participent. Ils sentiront alors comment le rôle de chacun est indispensable au savant équilibre du monde et comment ils peuvent à leur tour y participer avec bonheur.

« Ce matin, je découvre une scène étrange : Mathias pousse des cris de guerre, encouragé par Mehdi, Victor et d'autres élèves. Ils sont rassemblés dans un coin de la classe et semblent très énervés.
Je m'approche et je m'aperçois que mes trois élèves viennent d'écraser une araignée.
Je leur demande :
– Pourquoi l'avez-vous tuée ?
– C'est une araignée ! me dit Mathias comme si sa réponse valait argument.
– C'est méchant ! ajoute Mehdi.
Je ramasse l'araignée, ou du moins ce qu'il en reste. Je la pose au creux de ma main pour la montrer à tous mes élèves, car, maintenant, un véritable attroupement s'est formé autour de moi.
– Méchant ? Non, je ne crois pas, dis-je.
– Si, ajoute Victor dont la peur a visiblement étouffé la bonne foi. Elle voulait nous piquer.
Je secoue la tête.

– Non, ça non plus je ne le crois pas. Une araignée n'attaque personne. Un moustique peut piquer, par exemple, mais ce n'est pas parce qu'il est méchant, c'est seulement parce qu'il a faim. Une araignée ne fait pas de mal à l'Homme.

– Oui, mais ça fait peur.

– La prochaine fois que vous voyez une araignée dans la classe, les enfants, ne la tuez pas. Appelez-moi et je la prendrai pour l'installer ailleurs. Les araignées sont très utiles, vous savez. S'il n'y avait pas d'araignées sur terre, nous serions envahis par les insectes. Ce serait terrible. Elles ont un rôle important à jouer. D'ailleurs, tout le monde a un rôle à jouer, que ce soient les animaux, les êtres humains, les arbres… tout le monde sert à quelque chose sur terre.

– Même les arbres ?

– Bien sûr. Les arbres et les plantes fabriquent de l'oxygène, et s'ils n'étaient pas là, nous ne pourrions pas respirer. Si je n'étais pas là, moi, vous n'auriez personne pour vous apprendre plein de choses. S'il n'y avait pas de docteur, personne ne pourrait vous soigner quand vous tombez malades.

– Ma maman, elle est infirmière, dit Enzo.

– Pareil pour les infirmières. Tout le monde est important, tout le monde à un rôle à jouer. Quand vous serez grands, vous aussi vous aurez un rôle à jouer.

Je questionne mes élèves sur ce qu'ils ont envie de faire plus tard. J'obtiens toute une liste de métiers, depuis la chanteuse jusqu'au pompier, en passant par la maîtresse et le cuisinier. Des choix qui évolueront sans doute durant les prochaines années, mais qu'il faudra continuer à approfondir au fil du temps.

Être utile aux autres

Et il est également important de leur faire comprendre qu'à côté de ces choix à faire mûrir, il y a aussi une voie à trouver, issue de leur ressenti le plus profond.

Même très jeunes, certains enfants se révèlent particulièrement doués dans certains domaines. D'autres sont passionnés par des activités ou des sujets bien précis. C'est à nous, adultes, d'encourager ces aptitudes et ces passions par des discours positifs. Veillons également à les accompagner pour suivre la façon dont ils s'épanouissent dans la pratique de leur talent ou de leur passion.

On n'est jamais trop jeune pour s'adonner à une passion, pour s'investir dans une démarche personnelle. Même si celles-ci changent ou se réorientent en prenant de la maturité, il est bien que l'enfant s'installe dans une phase de découverte où il va faire communiquer son âme avec le monde.

C'est ainsi qu'il trouvera sa vocation, son rôle véritable, pas celui que son ego lui dictera sous prétexte d'enrichissement, de pouvoir ou de gloire. Non, son choix de vie sera l'expression directe de son intériorité. Il sera dicté par son cœur, souligné par ses élans les plus profonds.

Trouver son rôle implique que l'enfant soit en accord avec ses besoins fondamentaux, mais cela ne suffit pas. Il est indispensable qu'il soit également tourné vers les besoins de ses semblables. Aider et servir autrui sont deux actes essentiels pour pouvoir s'accomplir et s'épanouir pleinement.

Trouver son rôle, c'est donner du sens à sa vie ; et donner du sens à sa vie, c'est mettre son talent au service de l'humanité. Faisons comprendre aux enfants que s'ils utilisent leur talent en se demandant combien cela va rapporter, ils seront prisonniers de leur ego et tourneront en rond autour de leurs doutes et de leurs peurs. Si, au contraire, ils utilisent leur talent en gardant à l'esprit l'idée qu'ils ont un rôle important à jouer pour les autres, dans la société, voire dans le monde, alors le rôle qu'ils ont choisi est véritablement le bon. C'est celui par lequel ils vont s'épanouir, trouver leur bonheur et faire celui des autres.

Que nous soyons enseignant ou parent, restons à l'écoute de nos enfants, de leurs goûts, de leurs élans, soyons attentifs à tout ce qui les passionne. Mais accompagnons-les également dans leur parcours personnel, ne les laissons pas se perdre dans des voies égocentrées se terminant bien souvent en impasse.

Quand l'enfant grandit et qu'il est en âge d'analyser les différents paramètres de son choix, aidons-le à se poser **deux questions :**

- **Si tu étais riche et à l'abri du besoin jusqu'à la fin de tes jours, garderais-tu l'envie de continuer ton activité ?**
- **Ton activité sert-elle l'humanité ? Est-elle utile aux autres ?**

Si à chaque question l'enfant répond oui, félicitez-le. Il vient d'accomplir ce que nombre d'individus n'arrivent pas à faire durant une vie entière : trouver leur rôle. Ce rôle qui va donner du sens à sa vie, qui fera de lui un être accompli, et qui lui permettra de s'épanouir et de partager avec les autres le bonheur qu'il aura créé.

Trouver son rôle

1. Trouver son rôle est une démarche essentielle dans la construction d'une vie accomplie, épanouie et heureuse.
2. Le rôle de chacun est indispensable au savant équilibre du monde et l'on peut à son tour y participer avec bonheur.
3. Notre rôle véritable – pas celui que l'ego dicte sous prétexte d'enrichissement, de pouvoir ou de gloire – nous est dicté par le cœur, souligné par nos élans les plus profonds.
4. Trouver son rôle, c'est donner du sens à sa vie ; et donner du sens à sa vie, c'est mettre son talent au service de l'humanité.

À tester

Votre enfant a des prédispositions dans un domaine ? Donnez-lui l'occasion de mettre ses talents en pratique. Il aime dessiner ? Pendant que Papa met la table et Maman la décore, pourquoi ne participerait-il pas en réalisant un beau dessin pour chaque convive ? Il adore jouer au foot ? Et si on installait une cage de foot dans le jardin pour jouer avec lui ? Et puis, peut-être, l'inscrire dans un club…

5

Cinquième clé

Être pleinement conscient

Méditer en pleine conscience
Savourer l'instant présent
Observer ses pensées
Être présent par le souffle
Être acteur d'un monde meilleur

Méditer en pleine conscience

« Le paradis terrestre est où je suis. »
VOLTAIRE

Ceux qui pratiquent la méditation de pleine conscience se sont sans doute aperçus, au fil des chapitres précédents, qu'elle était présente en filigrane dans le développement de certaines notions traitées. Dans un ouvrage parlant de l'apprentissage de la vie, il est effectivement impossible de ne pas y retrouver l'influence de la méditation.

Quel est l'objectif de la méditation ?

Éveiller notre conscience pour nous amener à vivre en harmonie avec nous-mêmes et le monde qui nous entoure.
Alors ? D'après vous, peut-elle apporter quelque chose dans l'apprentissage de la vie ?
Oui, c'est une évidence.

En attendant de nous pencher sur les bienfaits qu'elle peut apporter à notre vie, prenons un instant pour tenter de définir ce qu'est la méditation.

La méditation est une pratique vieille de plusieurs milliers d'années (plus de 5 000 ans pour les traces écrites, certainement plus par la tradition orale) qui vient d'Asie. Elle fait travailler ses disciples principalement dans deux directions.

La première est d'apporter la tranquillité à l'esprit, une quiétude mentale, que l'on cultive par des exercices mêlant relaxation et concentration. Cette concentration peut prendre appui sur des points d'acuité divers tels que la respiration, un objet extérieur, notre intériorité, ou encore l'amour altruiste.

La seconde direction est celle d'une vision pénétrante qui permet de voir la nature véritable des choses et non pas de la voir à travers le prisme de notre ego. Autrement dit, voir les choses telles qu'elles sont et non pas telles que nous croyons qu'elles sont.

Proposée par les médecins

Aujourd'hui, la méditation de pleine conscience est la forme moderne et laïque de cette méditation traditionnelle. Elle ne possède plus rien de religieux, mais les nouveaux pratiquants, les médecins et les scientifiques ont repris les techniques ancestrales pour les adapter à notre monde moderne et en tirer tous les bienfaits.

La méditation de pleine conscience nous propose, de la même façon qu'hier, de vivre l'instant présent et de nous libérer de nos fabrications mentales. Il s'agit dès lors de se concentrer sur ses sensations intérieures et extérieures, et de s'extraire des enchaînements de pensées automatiques qui perturbent notre vie.

La méditation de pleine conscience apporte au pratiquant un équilibre mental basé sur une sérénité, un détachement vis-à-vis de ses pensées et de ses émotions, et une libération des souffrances qu'elles entraînent.

Accompagner l'enfant

Les enfants ont une prédisposition naturelle pour la méditation et les inviter à la renforcer pour en faire un outil d'éveil personnel est très intéressant. Il ne s'agit pas ici de vous présenter un programme complet de méditation de pleine conscience pour les enfants. D'autres l'ont fait avant moi et, du reste, le font bien mieux que moi[2].

Si vous avez des enfants agités, stressés ou démobilisés, il peut être utile de leur proposer un protocole structuré de méditation sur plusieurs semaines, mais cela ne s'improvise pas. Si vous n'avez pas vous-même une solide expérience en la matière, je vous conseille de faire appel à un professionnel[3].

Le présent chapitre a pour seule ambition de s'inscrire dans la continuité des quatre premiers, dans une simple volonté de partager mon expérience.

Cette expérience m'a permis, au fil du temps, de comprendre que **la réussite d'un enfant se construit dès son plus jeune âge en étant attentif à l'éveil de sa conscience, c'est-à-dire au juste regard qu'il porte à la fois sur lui, sur les autres, et sur le monde.**

2. Retrouvez en fin d'ouvrage une liste de livres qui vous permettront de vous familiariser avec la méditation, qu'elle soit destinée aux adultes ou adaptée aux enfants.

3. L'association Enfance et attention (http://enfance-et-attention.org) œuvre pour le développement de la pleine conscience auprès des enfants et des adolescents, et propose des praticiens formés aux méthodes de développement de l'attention.

J'ai mis de longues années à élaborer ces recherches et à les tester dans ma classe, et je souhaite aujourd'hui les partager pour que vous puissiez à votre tour en profiter et en faire profiter vos enfants (que vous soyez enseignant ou parent).

J'ai structuré mes recherches dans ce livre sous la forme de cinq clés.

1/ « Le juste regard que l'enfant porte sur lui » a donné la première clé, *Être en paix avec soi ;*
2/ « Le juste regard qu'il porte sur les autres » a donné la deuxième clé, *Être en paix avec les autres ;*
3/ « Le juste regard qu'il porte sur lui dans son interaction avec les autres » a donné la troisième clé, *Avoir confiance en soi ;*
4/ « Le juste regard qu'il porte sur le monde dans le rôle qu'il peut y jouer » a donné la quatrième clé, *Être (un bon) acteur du monde ;*
5/ La méditation de pleine conscience, compétence transversale qui est à la fois la condition des quatre premières et leur obligée, a donné la cinquième clé, *Être pleinement conscient.*

En d'autres termes, que vous soyez familiarisé avec la méditation ou qu'elle soit pour vous une terre inconnue, n'ayez aucune appréhension, ce chapitre a la même lisibilité que les précédents. Vous y trouverez des principes qui font, certes, partie des basiques de la méditation de pleine conscience, mais ils sont présentés sous une forme simple et accessible à tous. J'y ai, une fois de plus, décrit des cas pratiques qui permettent de mettre des images sur les concepts.

Les chapitres qui constituent cette cinquième clé vous permettront de mieux appréhender les quatre premiers lorsque vous les relirez. Ils vous seront également d'une grande utilité pour amener vos enfants vers des pratiques simples, ludiques, faciles à mettre en place et à partager. Des pratiques qui leur apporteront des connaissances et des savoir-faire importants dans l'apprentissage de chacune des compétences décrites dans ce livre.

Méditer en pleine conscience

1. L'objectif de la méditation est d'éveiller notre conscience pour nous amener à vivre en harmonie avec nous-mêmes et le monde qui nous entoure.
2. La méditation de pleine conscience nous propose de vivre l'instant présent et de nous libérer de nos fabrications mentales. Il s'agit dès lors de se concentrer sur ses sensations intérieures et extérieures, et de s'extraire des enchaînements de pensées automatiques qui perturbent notre vie.
3. Elle apporte au pratiquant un équilibre mental basé sur la sérénité, le détachement vis-à-vis de ses pensées et de ses émotions, et la libération des souffrances qu'elles entraînent.

À tester

Il fait beau, profitez-en, allongez-vous confortablement dans l'herbe avec votre enfant et regardez les nuages passer dans le ciel. Oh ! Celui-là a la forme d'un éléphant ! Et celui-là ! Regarde ! Un dauphin qui s'étire et se transforme en anguille ! Faites-lui goûter au plaisir simple d'être là, dans l'instant présent.

Savourer l'instant présent

« Les enfants n'ont ni passé ni avenir, et, ce qui ne nous arrive guère, ils jouissent du présent. »
LA BRUYÈRE

Posez ce livre quelques minutes et recherchez dans votre mémoire les instants de vie qui vous ont marqué, ceux durant lesquels vous avez eu l'impression que le temps s'était arrêté.

Pour ma part, en voici quelques-uns, pris au hasard : le jour où, avec quelques amis, nous avons gagné un tournoi de volley dans un camping ; un coucher de soleil devant lequel des pélicans volaient et se découpaient en ombres chinoises ; une balade dans une forêt enneigée avec ma femme, notre fille cadette et notre chienne...

Ces moments-là nous apportent une joie indescriptible parce qu'ils effacent en nous, comme par magie, tous nos problèmes, toutes nos ruminations, toutes nos projections. **Pendant quelques secondes, nous avons l'impression d'être en accord avec nous-mêmes et avec le monde.** Nous sommes reliés à l'instant présent depuis notre intériorité la plus profonde et nous le savourons.

Ce genre de moment, nous pouvons en vivre des milliers si nous voulons. En fait, cela ne tient qu'à nous. Il suffit pour cela de savoir savourer l'instant présent dans notre vie de tous les jours, de simplement prêter attention à tous ces petits moments du quotidien et de s'y relier totalement.

Nous avons malheureusement tendance à courir toute la journée et à imposer ce rythme à nos enfants. Nous courons et nous nous stressons à vouloir sans cesse faire entrer des journées de 24 heures dans 12 ou 10 heures. Arrêtons de nous agiter en tous sens et de laisser filer le temps entre nos doigts.

Le Temps, avec un grand T

Le Temps, le vrai, est précieux. Apprenons à le savourer. Ce n'est ni du passé dont il s'agit car, comme son nom l'indique, il est derrière nous ; ni du futur, d'ailleurs (comment en profiter alors que nous ne le vivons pas encore ?). Le Temps, le vrai, celui dont nous devons nous occuper, que nous devons chérir, savourer, c'est le présent.

Le présent.
Quand on y réfléchit, même son nom fait penser à un cadeau.

Ne pas laisser filer le temps entre nos doigts signifie rester éveillé face à l'instant présent, c'est savoir profiter de la vie durant ce moment à la fois infime (une seconde avant, ce n'est pas encore le présent, et la seconde d'après, ce n'est déjà plus le présent) et infini (chaque seconde qui passe peut être vécue au présent indéfiniment).

Pourquoi, par exemple, stresser nos enfants avant de les emmener à l'école alors que l'on sait pertinemment que c'est notre organisation qui est défaillante et que nous sommes, de ce fait, obligés de courir dans tous les sens et de rester aveugles aux bonheurs de la vie.

Ces bonheurs, quels sont-ils ?
Réveiller en douceur nos enfants, prendre le temps de partager avec eux un gros câlin, puis un petit déjeuner tranquille et convivial, les aider à s'habiller pour les plus petits et écouter les choses qu'ils ont à nous dire, si importantes pour eux et parfois si touchantes que leurs mots restent gravés à vie dans notre cœur.

Ces bonheurs, nous pouvons les vivre tous les matins si nous programmons notre réveil un peu plus tôt. Nous pouvons tous, du matin au soir, profiter du moment présent et de tous les bonheurs qu'il nous propose. Il suffit d'ouvrir les yeux et de faire des efforts.

Un peu pour nous... et surtout pour eux. Prenons enfin le temps de donner de l'amour et d'en recevoir. Ce programme vaut bien des efforts, n'est-ce pas ?

Ne passons pas à côté du bonheur, de notre vie. Nous la voyons défiler mais nous ne prenons pas le temps de la regarder. Apprenons à nos enfants à ouvrir les yeux, à observer chaque moment qui s'offre à eux comme un trésor. Ce ciel, par exemple, que nous connaissons si bien. Prenons un moment avec eux pour en admirer sa beauté, regarder ses nuages, observer leur vitesse de déplacement, comment ils se forment, se déforment ou s'effilochent.

Apprenons-leur à sentir, à goûter, à écouter, à toucher...

Éduquons leurs sens et enseignons-leur la manière de les utiliser pour savourer chaque instant de vie. Par exemple, quand nous invitons un enfant à sentir une fleur, à goûter un morceau de chocolat, montrons-lui que, en fermant les yeux, il peut accentuer sa concentration et ses sensations.

« Aujourd'hui, nous avons fait des madeleines. Les enfants sont réunis autour de moi et ils attendent avec impatience le moment de la dégustation. Les madeleines sont dans un panier, sur mes genoux. Elles sont encore tièdes.
J'explique à mes élèves ce que j'attends d'eux :
– Je vais vous donner une madeleine à chacun et, bien sûr, cette madeleine, nous allons la manger. Mais pas tout de suite. Avant de la manger, nous allons faire un petit jeu.
J'en donne une à chaque enfant. Les réactions fusent. Parfait !
Je rebondis aussitôt sur leurs premières impressions :
– Oui, vous avez vu, nos madeleines sont encore tièdes.
Je monte la mienne à mes narines. Les enfants m'imitent. Les commentaires s'enchaînent :
– Ça sent bon ! Ça sent le pain ! Non, ça sent le gâteau !
Je les invite à fermer les yeux pour mieux ressentir l'odeur de la madeleine.
Les enfants s'installent peu à peu dans le moment présent grâce à leurs sens. C'est exactement ce que je souhaite, et en même temps, l'expérience leur permet de commencer à se familiariser avec le rapport entre le perçu (ce que je capte avec mes sens) et le ressenti (comment ces sensations se développent en moi et créent des émotions).
Nous rouvrons les yeux. Maintenant, je tourne la madeleine devant moi, j'observe alternativement le dessus et le dessous.
Je les laisse, une fois de plus, commenter :
– C'est pas la même couleur ! C'est jaune ! C'est orange ! C'est marron !
Je touche les textures du bout du doigt.
– C'est dur ! C'est mou ! Mon doigt s'enfonce !

J'approche la madeleine de mon oreille tout en la déchirant en deux. Là encore, les enfants m'imitent.

– J'ai entendu un bruit ! J'ai rien entendu ! Tais-toi !

Le silence revient. Tout le monde se concentre sur ce qui peut surgir de ce silence, sur l'oreille qui écoute. Je les laisse commenter leurs sensations.

Dès que j'ai récupéré leurs regards, je prends le petit bout de madeleine que j'ai coupé et je l'approche de ma bouche. J'explique ce que je vais faire :

– Je vais poser ce petit bout sur ma langue sans le croquer. Puis, je vais fermer la bouche et me concentrer sur ce que je ressens. Si j'ai envie, je peux fermer les yeux pour encore mieux ressentir les choses.

Je m'exécute. Les enfants font de même. Les secondes défilent. Les commentaires commencent à arriver :

– C'est bon ! C'est chaud ! C'est mou !

Tranquillement, en prenant tout mon temps, je mâche la madeleine et j'invite les enfants à faire de même.

– Oui, vous avez raison, cette madeleine est délicieuse. Et quand je prends mon temps, elle est encore meilleure.

La preuve par l'exemple : quand j'ai fini de mâcher, je découpe un autre petit bout de madeleine et je le mets dans ma bouche. La dégustation se prolonge ainsi, tout en douceur, en ressentis. Les enfants sont en train d'expérimenter la communion avec l'instant présent, ils suspendent en eux toute rumination et toute projection pour se relier à ce qu'ils sont en train de vivre, ici et maintenant.

Cette expérience sera dans leur vie un jalon de pleine conscience auquel ils pourront faire référence pour comprendre ce que la méditation peut leur apporter.

Une vision claire et juste des choses

Savourer l'instant présent en reproduisant ce type d'expérience permet à l'enfant de vivre mieux, d'éliminer le stress, de s'épanouir. Et il est important de lui montrer qu'être pleinement conscient est un geste d'hygiène quotidien.

« Un esprit sain dans un corps sain »

JUVÉNAL.

Dans notre monde moderne où tout va si vite, nous prenons malgré tout encore le temps de faire de l'activité physique, de lire, d'apprendre, de suivre des formations... Alors pourquoi ne pas également consacrer du temps à notre esprit par la méditation ? C'est pourtant une activité primordiale pour nous aider à vivre en harmonie avec nous-mêmes et le monde qui nous entoure.

Pourquoi certains se sentent-ils perdus quand rien ne va comme ils veulent ? Pourquoi d'autres stressent à l'approche d'échéances ou d'obstacles ? Et pourquoi d'autres encore partent dans des colères effroyables dès qu'une critique les touche ?

Parce que leur esprit n'est pas un bon traducteur du monde. **C'est l'entraînement de l'esprit et notre capacité à percevoir les choses telles qu'elles sont qui vont améliorer la qualité de notre vie.**

Apprenons à nos enfants à savourer l'instant présent, à cultiver et à reproduire ce geste pour en faire une habitude de vie. Quand ils mangent... quand ils se promènent... quand ils se brossent les dents... Les moments sont nombreux. Il suffit de multiplier les occasions d'entraîner leur esprit pour qu'à chacune de leur expérience du monde, ils fassent un pas supplémentaire vers une vision claire et juste des choses et en tirent des bienfaits pour toute leur existence.

Savourer l'instant présent

1. Être relié à l'instant présent, c'est être en accord avec soi-même et avec le monde. C'est y être relié depuis son intériorité la plus profonde et pouvoir savourer les bonheurs de la vie.
2. Chaque seconde qui passe peut être vécue au présent indéfiniment. Il suffit d'ouvrir les yeux et de faire des efforts.
3. Éduquer ses sens et apprendre à les utiliser permet de savourer chaque instant de vie.
4. Être pleinement conscient est un geste d'hygiène quotidien.

À tester

Pour savourer l'instant présent, entraînez votre enfant à utiliser ses sens avec acuité. Montrez-lui comment tourner totalement son esprit vers ses sensations : en fermant les yeux et en mâchant lentement un plat, en glissant lentement dans l'eau pour en sentir tous les bienfaits, en admirant le coucher du soleil et ses couleurs orangées, en inspirant profondément dans cette forêt de pins et en écoutant les oiseaux qui se répondent…

Observer ses pensées

« Le véritable voyage de découverte ne consiste pas à chercher de nouveaux paysages, mais à avoir de nouveaux yeux. »
MARCEL PROUST

Dans le chapitre précédent, nous avons vu l'intérêt d'apprendre aux enfants à savourer l'instant présent. Or il est important d'aller plus loin dans la réflexion, car être dans l'instant présent, ce n'est pas seulement savoir ouvrir les yeux sur les bonheurs de la vie, c'est aussi savoir faire face aux instants douloureux et être capable de les accueillir quand ils se présentent. Pour ce faire, il est essentiel d'apprendre à éduquer son regard sur ses pensées.

Être dans la pleine conscience, c'est enseigner aux enfants comment avoir une vision claire et juste des choses. Autrement dit, comment voir les choses telles qu'elles sont et non pas telles qu'on voudrait qu'elles soient.

Quand un enfant veut que les choses soient autrement qu'elles ne sont, il peut nourrir des pensées toxiques : « Ma copine ne veut plus être ma copine. Je ne sais pas pourquoi mais je suis sûre que c'est ma faute... » « Le maître me montre un exercice, mais je ne le comprends pas. Je suis peut-être nul, et peut-être même le plus nul de la classe... » « Demain, mon copain Jules déménage. Je ne veux pas être à demain, je refuse de m'endormir. Que vais-je devenir sans mon copain ? »

Toutes les pensées, qu'elles soient négatives ou positives, prennent naissance dans notre esprit. Et c'est fou de constater à quelle fréquence on pense ! Des milliers de pensées traversent notre esprit tous les jours, toutes les nuits. Et la plupart d'entre elles nous échappent, parfois parce qu'elles sont involontaires, parfois parce qu'elles résultent d'un enchaînement d'idées dont nous ne sommes même pas conscients.

C'est comme ça, on n'y peut rien, elles sont toujours là, quelque part dans notre tête. Alors, il est important de familiariser l'enfant avec les pensées. De lui faire prendre conscience de leur présence, de lui expliquer leur fonctionnement et de lui apprendre à vivre avec elles.

« Pendant le temps de récréation, quand je ne suis pas de service de surveillance, j'aime me poser quelques minutes pour méditer.
Ce matin, je me suis assis sur la chaise que j'utilise habituellement pour rassembler mes élèves devant moi. Je suis dos au tableau, face au tapis de regroupement. Je suis seul, calme, attentif, j'ai les yeux fermés quand j'entends la porte de ma classe s'ouvrir brusquement. La récréation s'est terminée plus tôt que prévu (merci la pluie !) et mes élèves entrent en classe. D'où je suis, je vois entrer les premiers, mais eux ne me voient pas. Pas encore…
Je décide de refermer les yeux et… de tenter une expérience… Je les écoute. La première vague est bruyante. Elle est encore, j'imagine, dans l'excitation de sa récréation. Puis j'entends des phrases comme :

– Il est là ! Qu'est-ce qu'il fait ? Il réfléchit ?
Puis des « chut ! »
Les enfants s'approchent du tapis de regroupement, les uns après les autres, tout en chuchotant. Certains émettent des rires contenus, touchés sans doute par l'insolite de la situation. Tous sont visiblement intrigués par mon immobilité et mes paupières closes.
Intérieurement, je souris. Cette expérience va être riche d'enseignements, je le sens, mais pas seulement pour les enfants…
Certaines rentrées de récréation sont épiques. Il m'est déjà arrivé, par exemple, d'essayer, avec beaucoup de difficultés, de rassembler mes élèves sur le tapis autour de moi. De ces jours où personne ne m'écoute, où, quand je crois avoir enfin réuni tout le monde, je m'aperçois qu'il reste un rebelle installé dans un coin jeu. Ou alors, des jours où ils sont bruyants et agités et où je dois utiliser mes « ruses de Sioux » pour parvenir à les rassembler dans le calme autour de moi.
Tiens, en parlant de ruses de Sioux, il faudra que j'ajoute cette expérience à ma liste…
Je suis toujours là, assis, les yeux fermés, et je sens mes élèves qui se rassemblent petit à petit sur le tapis, autour de moi. Je constate que ma sérénité a un effet miroir sur eux. Ils ne sont pas tous assis comme je le souhaiterais, mais même si mon oreille me signale que beaucoup sont encore debout, ils se sont réunis dans le calme. Un calme nourri de murmures curieux…
Je sens une main se poser sur ma cuisse.
– Tu dors ?
– Non, dis-je.
– Tu fais quoi ?
– Je regarde quelque chose.
Ma phrase déclenche des rires.

Un enfant dit :
– Mais tu peux rien voir, t'as les yeux fermés !
De nouveaux rires.
Je garde mon visage impassible, mes yeux fermés. J'attends que le calme revienne et je continue :
– Les choses que je regarde sont à l'intérieur de moi.
Les rires ont disparu. Un épais silence l'a remplacé. Un silence que je devine intéressé.
J'ouvre enfin les yeux. Je les invite à tous s'asseoir afin d'écouter mes explications :
– Il y a des choses qui tournent à l'intérieur de notre tête. Tout le temps... Tout le temps... Elles tournent... Et ces choses-là, on peut les regarder. Pas avec nos yeux, bien sûr, mais avec notre cœur. Ce sont nos pensées... Tiens, là, par exemple, je pense au gâteau d'anniversaire que nous avons mangé hier... Je vois les enfants assis autour des tables, je vois Joris qui souffle ses bougies... Tiens, maintenant, je vois la bougie coquine que ne veut pas s'éteindre, et les enfants qui rient... Vous voyez, on pense tous à des choses. Vous voulez essayer, vous aussi ?
Les enfants sont curieux et séduits par cette idée. Je referme les yeux et je les guide :
– Pour mieux regarder nos pensées, nous devons fermer les yeux et faire un grand et beau silence.
J'ai terminé ma phrase en chuchotant. Le silence qui suit est impressionnant (il ne durera qu'une poignée de secondes, mais il sera magique).
Puis, comme je l'avais imaginé, les langues se délient, révélant chacune les pensées de chacun.
Ce moment de pure concentration sur la pensée qui naît de leur esprit est toujours un moment qui les marque. Certains élèves

m'en reparlent, même des années après. C'est normal, ce genre de moment reste gravé dans la mémoire comme toute découverte d'un monde inconnu. Inconnu et pourtant si intime. Ces moments sont précieux pour les enfants parce qu'ils les aident à se questionner et ils leur insufflent en plus un élan fondateur pour aller plus loin.

Le chaînage pensée-émotion

Plus loin, c'est discuter ensemble au sujet des pensées que les enfants dévoilent. C'est **leur faire sentir que ces pensées déclenchent des émotions.** En parlant avec eux de ces enchaînements pensées-émotions, cela permet de lever le voile sur l'un des fonctionnements fondamentaux de leur esprit.

Lorsque des pensées positives débouchent sur des émotions de joie et d'amour, elles se lient dans un enchaînement constructif qui renforce à la fois notre paix intérieure et nous incite à faire le bien autour de nous.

En revanche, quand des pensées négatives entraînent des émotions nocives, leur enchaînement peut devenir toxique pour nous (en détruisant notre équilibre et notre sérénité) et pour autrui (en nous incitant à nuire aux autres).

Une émotion telle que la jalousie, par exemple, génère de nouvelles pensées qui, à leur tour, attisent le sentiment de jalousie. Les enfants comprennent facilement que ce genre d'enchaînement toxique fait du mal parce qu'ils ont déjà vécu ce type de mal-être et s'y sont sentis parfois englués.

En s'exerçant à observer leurs pensées, ils vont comprendre qu'ils seront en mesure de faire un choix primordial tout au long de leur vie :

- ou ils se contentent d'observer leurs pensées, sans les repousser ni s'y accrocher, parce qu'ils ont compris qu'elles n'avaient pas de vie propre, qu'elles n'étaient qu'une invention du mental ;
- ou ils s'accrochent à elles et les laissent développer en eux des émotions qui peuvent vite devenir nocives, pour eux-mêmes et pour les autres.

Les enfants n'ont aucune difficulté à comprendre qu'il leur faut favoriser le chaînage pensée-émotion quand il est tourné vers le bien d'autrui, mais il est également important qu'ils comprennent qu'il ne faut pas pour autant refuser les émotions perturbatrices. Il ne s'agit pas de vouloir supprimer nos émotions. Elles ont toutes leur rôle à jouer. Si nous apprenons à les interpréter, nous saurons faire en sorte qu'elles nous aident à alimenter notre paix intérieure et à nourrir des intentions bienveillantes.

L'intention doit rester un phare pour nos pensées. Inculquons, par exemple, à nos enfants de toujours placer l'intention au centre de leurs réflexions. S'ils créent un chaînage pensée-émotion-action, l'intention doit continuellement les guider vers la bienveillance. En procédant de cette façon, nos enfants comprendront aisément que l'on a le droit de se mettre en colère si, par exemple, cette colère sert à protéger un camarade d'une agression.

En fait, la règle est simple et elle tient en une phrase :
Cultivons nos pensées dans la bienveillance et nos émotions auront le parfum de l'amour.

Observer ses pensées

1. Lorsque des pensées positives débouchent sur des émotions de joie et d'amour, elles se lient dans un enchaînement constructif qui à la fois renforce notre paix intérieure et nous incite à faire le bien autour de nous.
2. Quand des pensées négatives entraînent des émotions nocives, leur enchaînement peut devenir toxique pour nous (en détruisant notre équilibre et notre sérénité) et pour autrui (en nous incitant à nuire aux autres).
3. Contentons-nous d'observer nos pensées, sans les repousser ni s'y accrocher, car elles n'ont pas de vie propre, elles ne sont qu'une invention de notre mental.
4. Quand nous créons un chaînage pensée-émotion-action, l'intention doit continuellement nous guider vers la bienveillance.

À tester

Si vous ne maîtrisez pas encore les principes de la méditation, il y a un exercice que vous pouvez déjà commencer à faire avec votre enfant : installez-vous confortablement tous les deux dans un coin calme et fermez les yeux. Vous pouvez lui donner la main ou le prendre dans vos bras. Puis, tranquillement, observez ce qui se passe en vous. Votre intériorité est-elle calme ou agitée ? Observez-la, sans la juger. Soyez curieux, explorez ce qui est là, en vous. Tiens ? une pensée est en train de me traverser... elle déclenche des images, des émotions... je les regarde passer sans m'y accrocher, puis je reviens à mon exploration intime.

Être présent par le souffle

« On pense trop et on ressent trop peu. »
CHARLIE CHAPLIN

Développer ses capacités d'attention, veiller à ne pas s'accrocher à ses pensées ni à se laisser entraîner par des émotions toxiques, tout cela n'est pas facile quand on débute dans l'apprentissage de la méditation de pleine conscience.

Nos enfants partagent parfois avec nous leurs difficultés en la matière : « Mes pensées restent accrochées ! » « Il y en a trop ! » « Je n'y arrive pas ! »

Il est important de les rassurer, de leur dire que c'est normal car ils passent par les étapes ordinaires de tout apprentissage.

Quelle que soit la matière que l'on étudie, que l'on travaille, cela demande un effort. Il est nécessaire d'amener l'enfant à persévérer en lui expliquant que la pratique apporte l'aisance au fil du temps, mais aussi en lui faisant comprendre que ce qu'il perçoit comme des échecs sont, en fait, des réussites.

Si l'enfant a l'impression d'avoir échoué car il a le sentiment d'avoir été impuissant, envahi par des pensées qui partent dans tous les sens, dites-lui que c'est déjà une victoire. Cela signifie qu'il est conscient de ce qui se passe au plus profond de lui. Il apprend tout simplement à découvrir ce que sont l'esprit et son activité naturelle. Oui, naturelle. Ce qu'il découvre est normal et encourageant pour la suite.

Avant, il ne percevait pas ce fonctionnement interne. Il n'en était pas conscient. Il subissait les pensées comme elles arrivaient et se laissait submerger par les émotions. Maintenant, il a compris ce qui se passe réellement en lui. N'est-ce pas une sacrée victoire d'étape ?

Si l'enfant est parti dans des rêveries et qu'à la fin, il éprouve un sentiment d'échec, celui d'être passé à côté de l'activité, de son objectif, dites-lui, là encore, que c'est un pas en avant, que c'est normal de partir dans des rêveries, mais qu'en persévérant, il arrivera petit à petit à capter une pensée par-ci, à en gérer une autre par-là, et à bâtir au final une belle concentration.

Pour aider les enfants à développer leur capacité d'attention et à rester dans le moment présent, il existe une technique très simple, à la portée de tous : se concentrer sur son souffle. La respiration sert alors de point d'ancrage pour ramener plus facilement l'esprit vers une présence éveillée. **Le souffle est un outil formidable parce qu'il nous suit partout et qu'il est disponible à tout moment.**

« C'est l'heure de la sieste. Dans la pénombre de la classe, je m'approche de Victor qui me semble anormalement agité. Les yeux grands ouverts, les mains crispées sur son nounours, il se tourne et se retourne sur son tapis de repos dans une nervosité peu habituelle.
Je lui demande dans un murmure :

– Ça ne va pas ?
Il renifle dans un sanglot contenu.
– J'ai déchiré mon nounours.
– Fais voir…
Le nounours a une couture qui a lâché, près de l'oreille.
– Ce n'est pas très grave, tu sais, ça se répare.
– Oui, mais je suis méchant.
Là, je devine ce qui s'est passé.
– Tu as mis ton doigt dans le trou et tu as tiré, c'est ça ?
– Oui.
– Tu as fait exprès ?
– Je voulais voir ce qu'il y a dedans.
– Alors, tu n'as pas fait exprès. Tu ne voulais pas faire de mal à ton nounours. Tu n'as pas à t'en vouloir. On va le réparer, ne t'inquiète pas.
Mais je m'aperçois que Victor a du mal à sortir de ses émotions. Je passe ma main dans ses cheveux.
– Tu te rappelles notre petit exercice sur les pensées ?…
– J'y arrive pas.
– Tu veux que je t'aide ?
– Oui.
– Tout d'abord, nous allons installer ton nounours contre ta joue. Comme ça, il pourra surveiller les pensées qui entrent et qui sortent de ta tête. Voilà… Maintenant, on ne s'occupe plus des pensées. On va regarder ton ventre…
Je prends ses mains dans les miennes et je les pose sur son ventre.
– Dans ton ventre, tout est calme. Regarde… (Victor regarde) il monte… il descend… tout doucement… tranquillement. Regarde tes mains… elles montent… elles descendent… doucement… tranquillement. Ton ventre, c'est un endroit calme,

paisible. Ferme les yeux et maintenant, sens ton ventre qui se gonfle… et se dégonfle…
Victor ferme ses yeux.
– Il se gonfle tranquillement… puis se dégonfle… lentement. Laisse-toi aller sur le mouvement paisible de ta respiration. Tu es calme et détendu dans le mouvement doux de ton ventre. Tu respires tranquillement… et tu sens le calme qui t'envahit…
Je l'accompagne ainsi pendant quelques minutes. Je sens que Victor lâche prise peu à peu.
Puis il finit par s'endormir.

Recentrer son attention

En se concentrant sur son souffle, Victor s'est focalisé sur le moment présent. Cela lui a permis d'évacuer progressivement l'idée qu'il avait fait du mal à son nounours (passé) et de ne plus s'angoisser sur ce qui pourrait advenir (futur).

Ce jour-là, j'ai aidé l'enfant à se concentrer sur les mouvements de va-et-vient de son ventre, mais il est également possible d'observer le souffle lui-même. Nous pouvons diriger l'attention de l'enfant sur le passage de l'air dans ses narines, par exemple, porter à sa conscience la sensation de l'air, plutôt frais, qui entre lors de l'inspiration, et de celui, plutôt chaud, qui sort lors de l'expiration.

En aidant un enfant à ramener son attention sur l'instant présent grâce à sa respiration, on écarte naturellement le passé et le futur qui sont les principaux producteurs de pensées.

Le passé est souvent le terrain de jeu favori du rappel de ses problèmes. Ceux-ci alimentent en lui des pensées nocives qui, au lieu de l'aider à trouver des solutions, l'enferment dans des ruminations qui le font souffrir.

Le futur, lui, est une machine à fantasmes. Il propose à l'enfant tout un éventail de pensées capables de semer le doute, la crainte, la peur, la colère... Elles l'empêchent de réfléchir sereinement au problème et d'y trouver une solution. Toutes ces projections tournent en boucle et créent, là encore, un enfermement douloureux.

Lorsque le passé ou le futur accaparent les pensées de l'enfant et l'emprisonnent dans les toxines mentales de son esprit, on peut alors l'aider en l'invitant à faire momentanément taire son cerveau pour donner la parole à son corps grâce à la conscience du souffle.

Le mouvement régulier de sa respiration est un outil formidable pour recentrer son attention en douceur et pour recouvrer la concentration perdue. Cette concentration sur son souffle va lui permettre de s'extraire de ses pensées nocives et de reprendre le contrôle de son esprit.

L'enfant qui sait focaliser son attention sur sa respiration, parvient ensuite progressivement à maintenir sa pleine conscience de plus en plus longtemps. Le fait de reprendre le contrôle de son esprit lui permet de s'ouvrir à une meilleure compréhension du monde et d'acquérir une manière d'être enfin libérée des schémas de pensées limités.

Cet enfant va pouvoir goûter à la liberté d'être maître de lui-même, tout d'abord en identifiant les causes de ses souffrances, et ensuite en étant capable de mettre le cap vers ce qu'il y a de mieux pour lui et pour les autres.

Être présent par le souffle

1. La respiration peut servir d'ancrage pour ramener plus facilement son esprit vers une présence éveillée.
2. Ramener son attention sur l'instant présent grâce à sa respiration, c'est écarter naturellement le passé et le futur, principaux producteurs de pensées.
3. Lorsque le passé ou le futur accaparent nos pensées et les emprisonnent dans les toxines mentales de notre esprit, on peut alors s'en extraire en faisant momentanément taire notre cerveau pour donner la parole à notre corps grâce à la conscience du souffle.

À tester

Le travail sur la respiration est souvent quelque chose que nous négligeons. Mais reprenons notre petite expérience du chapitre précédent et concentrons-nous cette fois sur notre respiration. Nos yeux sont toujours fermés. Si je suis nerveux, mon souffle est court et c'est ma poitrine qui se soulève. Alors, je me décontracte : je pose mes mains sur mon abdomen et cette fois, lorsque j'inspire lentement, c'est mon ventre qui doit se soulever, plus ma poitrine. Quand j'expire, il redescend. Si j'ai besoin de me libérer de mes tensions, je peux expirer d'un bloc par la bouche en relâchant tous mes muscles. Dès que j'ai retrouvé la paix intérieure, je peux de nouveau expirer lentement, profondément, par la bouche ou le nez.

Être acteur d'un monde meilleur

« Telle est la vraie joie dans la vie : servir un but que vous savez être grandiose. »
GEORGE BERNARD SHAW

Tous les exercices et toutes les expériences contenus dans ce livre sont, vous l'avez sans doute remarqué, tournés vers un double objectif : le bien-être de nos enfants à travers le bien-être de tous.

Les efforts que nous leur demandons pour être pleinement conscients vont dans le même sens. En ayant comme objectif de les aider à développer leurs qualités humaines fondamentales, nous leur proposons dans un premier temps, de vivre des expériences afin d'étalonner leur perception personnelle, puis, dans un second temps, d'étendre leur vision globale et leur action pour le bien d'autrui.

Il est important de leur faire comprendre que tous ceux qui les entourent ont le même but qu'eux, être heureux, ne pas souffrir, et que **nous sommes tous reliés les uns aux autres dans une interdépendance active.**

De nombreuses situations de la vie quotidienne sont là pour rappeler à l'enfant qu'il ne peut être heureux si autour de lui personne ne l'est ; pour lui montrer que donner du bonheur à autrui, c'est se permettre d'être heureux soi-même ; que l'égocentrisme mène inéluctablement au mal-être, le sien comme celui des autres.

Cet enseignement nous est facilité par le fait que le jeune enfant est dans les prémices de sa construction personnelle, ses traits de caractère et ses habitudes de comportement ne sont pas encore ancrés profondément en lui. Il nous est donc plus aisé de lui faire explorer de nouvelles pistes, de susciter en lui l'envie de s'élever. De plus, sa soif d'apprendre le rend plus réceptif à nos conseils.

L'habituer à être pleinement conscient nous oblige à l'être pleinement nous-mêmes le plus souvent possible. C'est veiller à lui donner l'occasion, chaque fois que la situation s'y prête, de pratiquer la pleine conscience. C'est lui proposer de l'utiliser pour agir sur les choses, pour les autres et pour un monde meilleur.

“ *J'aime l'idée du don. Le don porte en lui une symbolique. Celle d'un effort louable : réfléchir et faire réfléchir. Car le don n'est beau que s'il est fait dans un but altruiste. D'ailleurs, s'il y a volonté d'en tirer un intérêt personnel, cela ne s'appelle plus un don.*
Ce matin-là, j'avais fixé sur le tableau de la classe une feuille A3 sur laquelle j'avais imprimé la phrase : « Aujourd'hui, je donne quelque chose à quelqu'un. » Et j'avais commencé la journée en explicitant les règles de cette activité :
– Aujourd'hui, chacun de vous va donner quelque chose à un copain ou à une copine. Ce que vous voulez, mais quelque chose qui va lui faire plaisir. Cela peut être un dessin, un bisou, un joli découpage, un mot gentil, un geste sympa ou un conseil s'il a

besoin d'aide... Mais essayez de ne pas prendre les mêmes idées que les autres. Vous pourrez le lui donner quand vous voulez, ce matin ou cet après-midi ; pendant la classe ou pendant la récré. Cela s'appelle un don. Mais attention, un don, ça veut dire « je donne pour toujours », ça ne veut pas dire « je donne et je reprends après ». Un don, ça veut dire je donne mais je ne veux rien en échange, ça ne veut pas dire « je te donne ceci si tu me donnes cela ». Sinon, ce n'est pas un don. Quand vous aurez fait votre don, vous viendrez coller l'étiquette de votre prénom sur cette feuille.

Tout au long de la journée, j'ai surveillé mon affiche. Elle s'était remplie assez vite dans la matinée, mais l'après-midi arrivant, j'ai remarqué qu'il manquait encore quelques étiquettes.

J'ai questionné mes retardataires qui m'ont avoué être en panne d'idées car les leurs avaient déjà été prises. Je leur ai conseillé de réfléchir à leur don pendant la récréation.

Étant de surveillance de cour, j'ai observé mes donneurs du coin de l'œil... et je me suis aperçu qu'ils avaient finalement encore des ressources.

L'un d'eux a consolé un petit qui était tombé d'un vélo ; un autre a donné sa pelle et son seau ; une autre encore a cueilli une fleur et, après avoir essuyé plusieurs échecs, elle est finalement venue me l'offrir !...

En fin d'après-midi, j'ai rassemblé mes élèves autour de moi pour faire le bilan de cette journée de don. Il y avait bien sûr quelques doublons, mais tout le monde avait admirablement rempli sa mission.

Je ne sais pas ce qui les rendait le plus heureux. Le fait d'avoir donné ou d'avoir reçu ?

Toujours est-il que le lendemain, un de mes élèves m'a demandé :

– On refait des dons, comme hier ?
J'ai souri, et j'ai répondu à l'attention de tous :
– Oui, c'est une excellente idée ! Nous allons continuer à faire des dons, aujourd'hui… et demain… et tous les autres jours !
Les enfants ont éclaté de joie…

Une présence éveillée

Ce n'est pas facile de penser toujours aux autres. C'est comme être toujours de bonne humeur, garder un bon contact avec tout le monde, y compris avec ceux que l'on n'apprécie pas forcément. Et puis, certains jours, nous sommes fatigués ou plongés dans des soucis personnels.

La pratique de la pleine conscience permet aux enfants de comprendre que lorsqu'ils parviennent peu à peu à gérer leurs pensées, ils peuvent trouver une paix intérieure sous la forme d'une présence éveillée. En laissant leur esprit s'observer lui-même, ils deviennent libres et confiants, ils cessent d'être submergés par leurs pensées, d'être envahis par tout ce qui les préoccupe, et ils peuvent alors se consacrer pleinement au bien d'autrui comme au leur.

Entraîner son esprit à la pleine conscience aide les enfants à réguler leur humeur, puis, au fil du temps, leur permet d'être d'humeur égale et d'agir en accord avec eux-mêmes et avec les autres. Inévitablement, cela va transformer leur vie et celle des autres.

En développant leur paix intérieure, nous les aidons à rayonner et à faire rayonner les autres, à semer du bonheur autour d'eux, à créer du lien, à générer de l'enthousiasme.

En résumé, **la méditation de pleine conscience aide nos enfants à mieux se transformer pour, au final, mieux transformer le monde.**

Être acteur d'un monde meilleur

1. Tous ceux qui nous entourent ont le même but que nous, être heureux, ne pas souffrir. Nous sommes tous reliés les uns aux autres dans une interdépendance active.
2. On ne peut être heureux si autour de soi personne ne l'est ; donner du bonheur à autrui, c'est se permettre d'être heureux soi-même ; l'égocentrisme mène inéluctablement au mal-être, le sien comme celui des autres.
3. Pratiquer la pleine conscience permet de devenir libre et confiant, de cesser d'être submergé par ses pensées, d'être envahi par tout ce qui nous préoccupe, et de pouvoir alors se consacrer pleinement au bien d'autrui comme au sien.

À tester

Quand votre enfant vous parle du métier qu'il veut faire plus tard, demandez-lui quelles sont les raisons de son choix et ce qu'il a envie d'apporter aux autres à travers son activité. Même si ses choix évolueront en grandissant, grâce à vous, il gardera en tête ce double objectif : son bien-être, à travers une activité qui le passionne, et celui des autres, par son action et le sens qu'il donne à son engagement.

La clé ultime

Le théorème du choix

Voilà, vous êtes arrivé à la fin de cet ouvrage et si son contenu a peut-être permis de vous ouvrir de nouveaux horizons, il se peut qu'il vous laisse également perplexe sur la manière d'utiliser au mieux tous les principes qui y sont décrits. Ils sont nombreux, c'est vrai, et cela représente beaucoup d'informations à digérer.

Mais ne vous inquiétez pas. Je ne vais pas vous abandonner seul avec ce livre. Ce dernier chapitre est là pour vous donner quelques conseils pratiques afin de l'utiliser au mieux. Ensuite, je vous indiquerai l'existence d'une ultime clé qui vous permettra de garder le cap même si vous avez l'impression d'être perdu.

Quelques conseils

Mon premier conseil est de vous pencher sur un seul principe à la fois. Choisissez, par exemple, celui qui vous tient le plus à cœur. Imprégnez-vous des idées et des conseils développés dans ce chapitre et dès que vous avez le sentiment de les maîtriser, mettez en place des choses pour enseigner ce principe à votre enfant. Observez la manière dont il l'assimile. Accompagnez-le dans cet apprentissage en montrant l'exemple, en suivant vous-même ce principe. Mettez-le en pratique, pourquoi pas, en famille. Votre enfant rencontrera peut-être des difficultés, des doutes, aura des questions à vous poser. Mais vous pourrez l'aider plus facilement puisque vous vous serez concentré sur ce principe. Lorsqu'il sera acquis et pratiqué couramment par votre enfant, vous pourrez alors vous concentrer sur un autre, et ainsi de suite.

Mon deuxième conseil est d'observer votre enfant au quotidien pour y déceler les situations où il se trouve en difficulté. Cela revient à dire : « Dans quel domaine a-t-il besoin d'aide ? » Trouvez le principe qui va pouvoir améliorer sa vie et utilisez-le comme décrit dans le paragraphe précédent.

Troisième conseil, vous pouvez sauter d'un principe à l'autre sans forcément attendre que votre enfant ait assimilé le précédent. Vous pouvez, par exemple, aborder un principe différent chaque semaine et travailler autour pendant sept jours de manière que votre enfant s'en imprègne tranquillement, puis passer à un autre dès la semaine suivante.

Quelle que soit la méthode que vous utilisez, veillez à ce que la transmission de ces principes reste transparente pour l'enfant. Il ne s'agit pas d'une leçon à apprendre, mais de faire passer des habitudes de vie positives, dans la joie, l'amusement, l'amour. Quand vous lisez un chapitre, vous pouvez prendre un calepin et noter quelles idées vous pourriez inventer pour mettre votre enfant en situation, de façon positive et transparente.

Le chemin de l'école, par exemple, peut devenir un formidable terrain pour faire passer le principe « Savourer l'instant présent ». Ce trajet, qui est parfois monotone et propice aux ruminations en tous genres, peut se transformer en moment ludique et joyeux, ancré dans l'instant présent, que les enfants finiront par adorer. Il suffit de lancer des petits défis comme : « Ce matin, sur le chemin de l'école, nous allons compter les oiseaux que nous croiserons ou entendrons ! » Ou encore : « Ce matin, chaque fois que nous verrons une voiture blanche, nous serrerons nos mains deux petits coups. »

Adaptez les principes de ce livre à votre vie, à celle de vos enfants, de votre famille. Nous avons tous des modes de vie différents, mais les principes décrits ici sont universels. Nous pouvons les mettre en pratique que l'on vive en ville ou à la campagne ; que l'on soit riche ou pauvre ; actif ou sédentaire...

Le théorème du choix

Vous serez parfois envahi par le doute. Faire passer ces principes à votre enfant est une noble tâche, vous direz-vous, mais j'ai du mal à voir où cela mène. C'est normal, nous sommes tous, petits et grands, influencés par un contre-pouvoir, celui de notre ego. Il est (et il sera) là, en permanence, pour venir tirer lorsque vous poussez, pour vous attirer vers vos centres d'intérêt personnels au détriment de ceux de votre enfant, et pour rester collé à votre doigt comme un vieux sparadrap, vous empêchant d'avancer dans les principes. Nous sommes tous plus ou moins sous l'influence de notre ego.

Pour vous aider à la fois à transmettre en toute sérénité les principes de ce livre à votre enfant et à détacher ce « vieux sparadrap » qui s'accroche à votre esprit, je vais vous confier le secret de l'ultime clé.

Elle m'a accompagné dans mes moments de doute, elle m'a rasséréné quand je perdais confiance en mes méthodes, elle m'a permis de retrouver une conscience libre et productive quand j'avais l'impression d'être dans une impasse.

Cette clé, je l'ai appelée le théorème du choix. Ce principe est, à mon sens, à la base de tout. Il nous replace, nous, humains, à notre vraie place. C'est-à-dire qu'il nous montre la réalité : **nous ne sommes pas des êtres séparés les uns des autres, mais tous reliés et interdépendants.**

Si je devais donner une métaphore de l'humanité, je la représenterais sous la forme d'un corps humain. Les milliards de cellules que contient ce corps humain, je les représenterais sous la forme de chaque être humain vivant sur terre ; vous, moi, eux... Quand certains êtres humains sont violents, se font la guerre, s'entre-tuent, volent, polluent, etc., c'est un peu comme si des cellules de ce corps humain se mettaient à dysfonctionner et le rendaient malade. Comme dans notre propre corps : quand une ou plusieurs cellules ne fonctionnent pas bien, c'est le corps entier qui fonctionne mal.

Vous voyez le principe ? **Nous sommes tous reliés les uns aux autres par les choix que nous faisons.**

Autrement dit, chacun de nos choix, chacune de nos actions, crée une conséquence. Une conséquence qui n'impacte pas que les autres, mais qui nous impacte, nous, également, tôt ou tard.

« On récolte ce que l'on sème »

DICTON POPULAIRE.

Si nous voulons être heureux, semons des graines de bonheur. Et comment semer des graines de bonheur ? En faisant le bon choix à chaque fois que nous avons à en faire un.

Le bon choix est simple à faire, il suffit de penser « nous » avant de penser « je ». Ce choix doit s'ouvrir sur le monde pour répandre le bonheur autour de nous et non pas viser notre seul intérêt ou plaisir personnels.

Nous nous trouvons tous, tout au long de notre vie, face à des prises de décision. Dans chaque situation, nous disposons d'un nombre considérable de choix. Mais le choix final nous appartient. Par conséquent, choisissons de faire le choix qui sèmera une graine de bonheur, pour nous et pour les autres. Mais cela n'est pas si simple...

Parce qu'il y a l'ego. L'ego peut nous inciter à faire un choix personnel, égocentré, voire pire. Alors soyons vigilants :

- si l'ego crée en vous des pensées positives de paix et d'amour, accueillez-les dans la joie et la bienveillance ;
- si l'ego crée en vous des pensées négatives de violence et de haine, accueillez-les également dans la joie et la bienveillance.

En effet, c'est une chance pour vous de les accueillir. Certains n'ont pas cette chance, ils ne voient pas ces pensées, ils ne se rendent pas compte qu'elles polluent leur esprit. Ils ne peuvent donc pas les accueillir, les comprendre, les gérer...

Accueillez toutes les pensées, positives ou négatives, dans la joie et la bienveillance car grâce à elles, vous allez pouvoir éliminer tous les mauvais choix.

« Quand j'étais jeune, personne ne m'avait jamais expliqué ce qu'était l'ego. Ignorant tout de son fonctionnement, je découvrais donc la vie avec les outils dont je disposais. C'est-à-dire pas grand-chose. Je me retrouvais régulièrement en difficulté, agissant et réagissant aux événements, aux situations, sans pouvoir les maîtriser réellement. J'étais sous l'emprise d'un ego encombrant, je devrais dire séduisant puisqu'il me faisait croire que j'étais le centre du monde. Grâce à lui (ou à cause de lui ?), je voyais le monde tel que j'avais envie qu'il soit et non pas tel qu'il était.

Je me souviens, par exemple, de ma conduite sur la route, inconsciente et dangereuse, quand je doublais une file de voitures sur l'autoroute. Si l'une d'elles se trouvait sur ma voie et que j'estimais qu'elle n'avançait pas assez vite, je la collais jusqu'à ce qu'elle se rabatte pour me laisser passer. Parfois, le conducteur de cette voiture, lui aussi sous l'emprise de son ego, attendait quelques minutes, puis appuyait sur l'accélérateur pour me doubler à son tour un peu plus loin.

Et là, j'entrais sans m'en apercevoir dans le combat des ego.

Chacun dans sa voiture devait se dire :

« Il se prend pour qui, celui-là ? » « Je vais lui montrer à qui il a affaire ! » « Alors ? C'est qui le plus rapide ? » J'en passe et des meilleures.

Le résultat ? Mon comportement était dangereux à la fois pour les autres et pour moi. Je risquais de provoquer un carambolage, de tuer des gens ou de faire une sortie de route. Je suis sûr que les autres automobilistes devaient m'insulter, me prendre pour un gros c... Et ils n'avaient pas tort. Alors que moi, de mon côté, je me prenais pour quelqu'un qui en impose...

•••

Qui impose rien du tout, en fait. Qui montre sa bêtise, c'est tout. Fort heureusement, ma bêtise n'a jamais été la cause d'accidents. En revanche, mes choix avaient systématiquement des conséquences.
Quand (environ une fois sur deux) je perdais la bataille, cela m'énervait pour toute la journée. J'étais d'une humeur massacrante et je me mettais tout le monde à dos.. Et dans ce cas, bien sûr, on ne se rend même pas compte de son état. Si des personnes s'accrochent avec nous, nous estimons que c'est leur faute.
Quand, parfois, je gagnais mon absurde combat routier, j'étais tout autant énervé. Mon cœur cognait dans ma cage thoracique. Les mains crispées sur mon volant, j'avais toutes les peines du monde à faire descendre mon stress et je retrouvais parfois mes collègues ou mes amis dans un état de nerf peu propice à de bonnes relations sociales.
Une fois, j'ai même abîmé le joint de culasse de mon véhicule. Je ne m'en suis pas aperçu tout de suite. Mais quelques jours plus tard, le garagiste m'a dit que ce dégât était dû à un surrégime. La réparation m'a coûté un mois de salaire…

Choisir en pleine conscience

Aujourd'hui, il m'arrive de rencontrer au feu rouge un automobiliste qui a le désir de montrer qu'il a une voiture puissante dès le démarrage. Bien sûr, il part tout seul sur les chapeaux de roues…

Son ego est peut-être déçu que je ne relève pas le défi, mais j'agis en faisant un choix conscient : Non, nous ne roulerons pas dangereusement.

Le faire ralentir, c'est éviter de blesser ou de tuer ceux qui croisent son chemin, c'est le préserver, lui, et c'est me préserver, moi. Quand on prend la peine d'y réfléchir, ce choix paraît évident.

De même, sur l'autoroute, face à des défis de vitesse, faisons le choix de l'apaisement. Cela m'étonne toujours de voir combien de personnes sont encore prisonnières de leur ego aujourd'hui alors que les livres sur le développement personnel sont omniprésents chez les libraires et dans les émissions littéraires.

Démasquons notre ego et faisons un choix conscient. **Quand nous faisons un choix en pleine conscience, et malgré la multitude de choix possibles, il est facile pour n'importe qui de faire le bon choix.** Il suffit, avant d'agir, d'imaginer quelle peut en être la conséquence.

Le théorème du choix nous montre que chaque action que nous faisons aujourd'hui entraîne une conséquence demain, à la fois pour nous et pour les autres.

Les personnes qui font de mauvais choix crient après le destin qui s'acharne sur elles, ou en veulent aux autres qui ne les comprennent pas. **Rejeter la responsabilité de ses erreurs sur le sort ou sur les autres, c'est justifier ses choix tout en disant que ce ne sont pas les siens.** Étrange, non ?

Si l'on creuse un peu, on s'aperçoit que ces personnes ont tout simplement accumulé de mauvais choix. En accumulant ces mauvais choix, elles ont eu tendance à s'enfermer dans un mode de fonctionnement bancal, bien souvent dicté par leur ego. Cela les fait tourner en rond en leur faisant reproduire sans cesse les mêmes schémas, les mêmes erreurs de choix. Puis, pire encore, les conséquences néfastes dues à ces erreurs s'additionnent et s'amplifient au fil du temps.

De ce fait, certaines personnes sont persuadées que leur situation est devenue incontrôlable. Elles affirment être dans une impasse, ne plus avoir le choix. **Mais les choix sont infinis** et, même si elles n'en ont pas conscience, elles peuvent, au contraire, tout contrôler. Il leur suffit de démasquer leur ego, d'en comprendre le fonctionnement, puis d'appliquer le théorème du choix pour enclencher la réaction en chaîne positive qui, peu à peu, va rapporter la lumière sur leur vie et celle d'autrui. Dans cette chaîne positive, les conséquences de ces nouveaux choix vont également s'additionner et s'amplifier, mais, cette fois, en créant du bonheur et en le répandant.

Cette ultime clé, gardez-la précieusement en mémoire chaque fois que vous enseignerez les principes de ce livre à votre enfant. Lorsque vous hésitez à lui donner un conseil, quand une pratique vous échappe momentanément et que vous n'avez pas le loisir de jeter un œil dans ces pages, utiliser le théorème du choix et vous sentirez aussitôt venir en vous la solution pour le conseiller sans vous tromper.

Accompagnez-le dans ses choix. Familiarisez-le avec le fait que **nos choix sont des actes, que nos actes sont le fruit de nos pensées et que nos pensées sont fabriquées par notre esprit.** Apprenez-lui à observer ce qui se passe dans son esprit au moment des choix, à se concentrer sur le moment présent et à voir le monde tel qu'il est.

Ainsi, quand vous utiliserez l'ultime clé avec lui, vous serez certain de l'aider à faire le bon choix. Car elle vous indiquera naturellement la voie à suivre, une voie juste et claire.

Les cinq premières clés de ce livre sont alimentées par cette ultime clé. Autrement dit, si vous ne les maîtrisez pas tout de suite, si vous avez besoin de vous y replonger de temps en temps pour enseigner au mieux leurs principes, pas d'inquiétude. L'ultime clé vous en donnera toujours un accès provisoire le temps de faire un choix juste, que ce soit pour vous ou votre enfant.

Car cette ultime clé peut, à elle seule, servir de guide pour toute une vie. **Si tous les enfants de la terre pratiquaient cette clé durant leur vie, le monde entier changerait de visage en moins de cinquante ans et il connaîtrait une humanité faite exclusivement de partage et d'amour.**

Demain, le bonheur de nos enfants ne tiendra qu'à un choix, le leur. Aujourd'hui, leur bonheur ne tient qu'à un choix, le nôtre.

Postface

Mars 2021

J'ai achevé l'écriture de ce livre en septembre 2020. Les mois ont passé mais la Covid-19 continue de sévir. Cet automne, nous avons essuyé une deuxième vague que beaucoup n'imaginaient pas et aujourd'hui certaines régions font face à une troisième.

Avec l'enchaînement des couvre-feux et des confinements, nous voyons également grossir d'autres vagues, celles des détresses psychologiques. Elles touchent un fort pourcentage de la population. Trop fort.

La santé mentale de tous est mise à l'épreuve. Certains d'entre nous sont très exposés et cette épreuve est plus difficile à surmonter pour eux. Les doutes et les peurs envahissent les esprits et font parfois de gros dégâts : anxiété, dépression, stress post-traumatique, idées suicidaires...

Plus surprenant, certaines personnes relativement épargnées par la pandémie et qui, jusque-là, n'avaient jamais connu de détresse psychologique, sont victimes elles aussi de ruminations mentales anxiogènes et de troubles divers. Parfois, ce sont des personnes qui vivent dans de grandes maisons avec jardin, en compagnie de leur conjoint, de leurs enfants, qui n'ont pas perdu leur emploi et qui continuent de percevoir 100 % de leurs revenus. Elles n'ont pas été touchées par le virus, ni leurs proches, ni leurs amis. Et pourtant, leur santé mentale est impactée...

Les raisons qu'elles donnent à leur mal-être sont nombreuses et variées : contacts sociaux ou physiques limités ; informations sanitaires anxiogènes ; ennui ; impression de solitude ; absence d'échéances ; sentiment d'impuissance ; difficultés à se projeter dans le temps...

La réalité d'aujourd'hui dans nos sociétés dites « modernes » est que l'homme est devenu de plus en plus fragile psychologiquement. Il a perdu sa combativité face à l'adversité, sa capacité à avancer et à franchir les obstacles, sa force de résilience. Pourquoi ?

Parce qu'au fur et à mesure que notre civilisation sortait de la survie pour s'installer dans le confort et la facilité, elle a laissé de côté les enseignements des anciens, les leçons de vie, l'éducation de l'esprit.

L'éducation de l'esprit devrait faire partie des enseignements que l'on reçoit dès le plus jeune âge. Nous apprenons à utiliser notre corps et notre cerveau durant notre enfance, mais combien d'entre nous ont-ils bénéficié d'une éducation spirituelle ?

L'éducation spirituelle est, pour certains, synonyme d'enseignement religieux. À la lecture de ce livre, vous avez pu vous rendre compte qu'il n'en est rien. L'éducation spirituelle est avant tout laïque et universelle. Elle se contente de transmettre ce que la vie a appris aux hommes depuis des millénaires.

Aujourd'hui, nous commençons à prendre conscience que le maintien de cet enseignement aurait permis d'éviter la fragilité psychologique de notre société moderne. Quand j'ai découvert les statistiques sur les détresses psychologiques actuelles, j'ai voulu ajouter cette postface pour souligner l'urgence à protéger les générations futures. Une urgence qui a le goût du devoir.

Aujourd'hui, plus que jamais, je suis convaincu qu'il est effectivement de notre devoir d'enseigner à nos enfants comment éduquer leur esprit : aidons-les à trouver la paix en eux, à être pleinement conscients, à maîtriser leur ego, à gérer leurs émotions, à savoir lâcher prise, à s'affirmer, à oser, à trouver leur rôle, à devenir acteur d'un monde meilleur, même dans la tourmente, et transformer la peur en force puissante d'action, de création et d'avenir.

Un adulte qui est capable d'affronter n'importe quelle situation aujourd'hui est un enfant qui, hier, a assimilé et compris la réalité de la vie. Il sait que la vie n'est pas telle qu'il voudrait qu'elle soit et surtout qu'elle n'est pas la bulle rose bonbon à laquelle la société moderne tente de nous faire croire.

Et même si cela ne lui plaît pas, il a fait sienne cette réalité : la vie est difficile. Point.
C'est un fait.

Cette réalité ne lui fait pas peur parce qu'il l'a intégrée et parce qu'il sait dorénavant qu'un problème ne peut disparaître que s'il est affronté.

De plus, un enfant sensibilisé à l'éducation de l'esprit aborde le combat du quotidien comme un défi vivifiant car il le mène pour lui et pour les autres. L'altruisme est un moteur dans sa vie. Cela l'aide à ne pas se focaliser sur ses doutes, ses peurs et ses souffrances.
Cet enfant-là deviendra un adulte solide et zen.

À l'inverse, celui qui n'a pas eu cet apprentissage est souvent guidé par la peur et l'ignorance. C'est un être fragile, même s'il a parfois le sentiment d'être fort. Regardez ces ados qui règlent leurs comptes à coups de couteau ou d'arme à feu, sous prétexte de bandes rivales ou de vengeance. Ils ont l'impression d'être tout-puissants.

En fait, ils vivent dans la peur et l'ignorance, manipulés par leur ego qui leur susurre en permanence à l'oreille : « Tu ne t'en sortiras dans la vie qu'en avançant en mâle dominant et en écrasant ceux qui se mettent sur ta route ! »

Ces gamins perdus n'ont pas compris que l'image qu'ils renvoient d'eux n'est pas celle d'un mâle dominant. Bien au contraire. C'est plutôt une image de lâche (j'utilise une arme face à un adversaire désarmé ; je me bats à plusieurs contre un). Une image aussi de simple d'esprit (je n'ai pas compris que mon principal ennemi c'est moi ; un nouveau rival viendra remplacer l'autre, et je continuerai à vivre dans la peur tant que je n'aurai pas démasqué mon ego).
On est effectivement bien loin de l'image d'un être fort.

Pas besoin de sortir des grandes écoles pour répondre à cette question : qui est réellement le plus puissant ?

Celui qui ne maîtrise pas son ego, sa colère et ses actes ou, au contraire, celui qui est capable de ne pas se laisser dominer et manipuler par ses émotions ?

Les sages et les philosophes ont, depuis la nuit des temps, accumulé un savoir colossal pour nous aider à éduquer notre esprit. Profitons de leur enseignement.
La psychologie nous apporte chaque jour davantage de connaissances pour nous permettre de mieux comprendre le fonctionnement de notre mental et de notre ego. Penchons-nous sur ces connaissances.

Plus récemment encore, les neurosciences nous offrent des éclairages nouveaux sur le fonctionnement du cerveau et les interactions entre biologie (neurones), psychologie (mental/ego) et philosophie (esprit). Étudions de plus près ces recherches.

Transmettons ces savoirs aux jeunes générations de façon à leur donner des outils efficaces pour mieux affronter les enjeux du futur, pour faire face aux menaces extérieures mais aussi à celles, plus insidieuses, qui peuvent prendre racine en eux et les détruire de l'intérieur à petit feu.

La pandémie qui s'est abattue sur notre monde n'est pas la première catastrophe humaine et ne sera malheureusement pas la dernière. Alors, ne perdons pas de temps, enseignons dès aujourd'hui à nos enfants tous ces savoirs et savoir-faire qui leur permettront de développer en eux une véritable force tranquille. Et demain, ils seront capables d'avancer dans la vie, sereins et puissants, même au cœur de la prochaine tempête.

Bibliographie

Si ce livre vous a plu, s'il a suscité en vous l'envie d'en apprendre davantage, je vous invite à lire ces formidables ouvrages.

Développement personnel

- André Christophe, *Vivre heureux,* Odile Jacob, 2003.
- André Christophe, *Imparfaits, libres et heureux,* Odile Jacob, 2006.
- André Christophe, *Sérénité,* Odile Jacob, 2012.
- André Christophe, Jollien Alexandre, Ricard Matthieu, *Trois amis en quête de sagesse,* L'Iconoclaste et Allary Éditions, 2016.
- André Christophe, *La Vie intérieure,* L'Iconoclaste et France Culture, 2018.
- Chauvat Nicolas, *Daishizen,* Jouvence, 2019.
- Lenoir Frédéric, *Petit traité de vie intérieure,* Plon, 2010.
- Lenoir Frédéric, *Du bonheur, un voyage philosophique,* Fayard, 2013.
- Ricard Matthieu, *Plaidoyer pour le bonheur,* NIL, 2003.
- Ricard Matthieu, *Plaidoyer pour l'altruisme,* NIL, 2013.
- Rosenberg Marshall B., *Les mots sont des fenêtres (ou des murs),* Jouvence, 1999.
- Ruiz Miguel (Don), *Les quatre accords toltèques,* Jouvence, 2005.

Méditation

- André Christophe, *Méditer, jour après jour,* L'Iconoclaste, 2011.
- Dumond Émilie, Bucher Bruno, *La Méditation, une nouvelle thérapie,* Arte Éditions et Belin, 2017.

- Kabat-Zinn Jon, *Où tu vas, tu es,* Jean-Claude Lattès, 1996.
- Kabat-Zinn Jon, *Méditer, 108 leçons de pleine conscience,* Les Arènes, 2010.
- Michelot Soizic, Assier Anaël, *Comment ne pas finir comme tes parents : La méditation de 15 à 115 ans...,* Les Arènes, 2016.
- Ricard Matthieu, *L'Art de la méditation,* NIL, 2008.
- Siaud-Facchin Jeanne, *Tout est là, juste là : La méditation pour les enfants et les ados aussi !,* Odile Jacob, 2014.
- Snel Éline, *Calme et attentif comme une grenouille,* Les Arènes, 2012.

Du même auteur

Albums ludo-éducatifs pour la maternelle

- *Dans la cour de l'école,* Milan, 2000.
- *Série « La petite boule blanche »,* Belin, 2010-2011.
- *Après la récré,* Milan, 2015.
- *Trop chouette !,* Belin, 2018 (pleine conscience).
- *Suis le chemin des fourmis,* Milan, 2018.
- *Les cinq amis,* Milan, 2019.
- *Une super rentrée !,* Accès éditions, 2021.
- *Découvrons l'école maternelle,* Belin, 2021.

Cahiers d'activités pour la maternelle

- *Mes premiers pas en anglais,* Nathan, 2016.
- *Premiers graphismes,* Nathan, 2017.
- *Ma maternelle épanouie,* Nathan, 2018.

Remerciements

À mes parents, à l'amour qu'ils m'ont donné toute leur vie,
sans lesquels ce livre ne serait pas ce qu'il est.

En premier lieu, je voudrais remercier mes premières lectrices : ma femme, Claire, qui pose toujours un regard à la fois critique et bienveillant sur mon travail ; ma fille aînée, Emmanuelle Soulas, qui m'a apporté son expertise en psychologie ; et ma fille cadette, Maurane, pour sa positivité communicative. J'associe à ces remerciements mon fils, Romain Soulas, ma belle-fille Lucie, et ma petite-fille, Florie, qui contribuent à mon équilibre et à mon bonheur.

J'aimerais leur exprimer ici tout l'amour que j'ai pour eux.

Je souhaite ensuite remercier mes collègues d'école et leur dire ma gratitude pour tout ce qu'ils m'ont apporté dans mon quotidien professionnel : Agnès Dellavalle, Anne Boin (merci aussi pour tes conseils dans le domaine de la Communication NonViolente), Amélie Douchet, Aurélia Laumonier (également pour ta lecture de la première version du manuscrit et ton enthousiasme), Cécile Jonchère, Christine Piveau, Corentin Rouillard, Cynthia Balanche, Isabelle Badier, Karine Durand, Katia Tissier (pour ta collaboration, tes idées novatrices et ton implication au service des enfants) et Katy Lopes.

Je remercie également mon éditrice, Charlène Guinoiseau-Ferré, pour sa confiance dès la réception de mon manuscrit, son écoute et son accompagnement. Un grand merci aussi à mon éditrice de production, Jessica Compois, pour son art de la perfection qui a permis de bonifier ce livre jusqu'au bout de la chaîne.

Enfin, je souhaite associer à ces remerciements tous ceux qui m'ont généreusement apporté leur soutien : Bénédicte Dubois, Danièle Grosshenny, Délia Gobert, Élodie Chambaud, Géraldine Astruc, Isabelle Léger, Léa Schneider, Martine Bouillennec, Mathilde Mariez, Sonie Tong-Lee-A-Taï, Valentinou, Yasmine Dezileau.

Bibliographie complète et plus d'informations sur www.christopheloupy.fr

Cet ouvrage a été imprimé sur du papier dont les fibres de bois proviennent de forêts durablement gérées.

FSC
www.fsc.org
MIXTE
Issu de sources responsables
FSC® C104608

Dépôt légal : août 2021
Achevé d'imprimer en août 2021
Imprimé au Danemark